U0750508

诠释一生

的 名人故事

胡罡 主编

黄河出版传媒集团
阳光出版社

图书在版编目（CIP）数据

诠释一生的名人故事 / 胡罡主编 .—— 银川：阳光
出版社 ,2016.6
（校园故事会）
ISBN 978-7-5525-2659-2

Ⅰ . ①诠… Ⅱ . ①胡… Ⅲ . ①故事 – 作品集 – 中国
Ⅳ . ① I247.8

中国版本图书馆 CIP 数据核字 (2016) 第 144190 号

校园故事会　诠释一生的名人故事　　　　　　胡罡　主编

责任编辑　金小燕
封面设计　华文书海
责任印制　岳建宁

黄河出版传媒集团　出版发行
阳　光　出　版　社

出 版 人　王杨宝
地　　址　宁夏银川市北京东路139号出版大厦（750001）
网　　址　http://www.yrpubm.com
网上书店　http://www.hh-book.com
电子信箱　yangguang@yrpubm.com
邮购电话　0951-5047283
经　　销　全国新华书店
印刷装订　三河市京兰印务有限公司
印刷委托书号　（宁）0001531

开　　本　710mm×1000mm　1/16
印　　张　7.5
字　　数　90千字
版　　次　2016年9月第1版
印　　次　2016年9月第1次印刷
书　　号　ISBN 978-7-5525-2659-2/I · 695
定　　价　15.80元

前　言

我们在故事的摇篮里长大,故事就像一个最最忠实的好朋友,时时刻刻陪伴在我们身边。它把勇敢和智慧传递给我们,也把快乐、爱与美注入我们的心田。

《校园故事会》系列所选用的故事内容丰富、主人公形象生动活泼,而其寓意也非常深刻,会让你在愉快的阅读中了解到什么是美,什么是丑,什么是善,什么是恶,什么是直,什么是曲。我们相信,这些故事一定会使广大学生受益匪浅。真诚地希望本系列丛书能成为家长教育孩子的好助手,学生成长的好伙伴!

本系列丛书内容包括亲情、哲理、处世、智慧等故事,会使你在阅读中收获真知与感动,在品味中得到启迪与智慧。可以说,它们是父母送给孩子的心灵鸡汤,自己送给自己的最好礼物,同学送给同学的智慧锦囊,老师送给学生的精神读本。

总而言之,这是一套值得您精读,值得您收藏,更值得您向他人推荐的好书。因为课本上的道理是一条条教给您的,而这套书中的"故事"所蕴含的大道理、大智慧是要您自己揣摩的。

本系列图书在编写过程中不免会有瑕疵,望广大读者批评指正,我们会虚心改正。

编　者

目　录

力学之父——艾萨克·牛顿

1642年圣诞节,艾萨克·牛顿出生于英格兰伍尔斯索蒲村。碰巧的是这一年伽利略与世长辞。和穆罕默德一样,牛顿也是一个遗腹子。童年时代的牛顿就显示出巨大的力学天赋。他有一双非常灵巧的小手。他聪明伶俐,但对功课却总是粗心大意,因而在学校的正规学习中没有取得好的成绩,也没有受到师长的喜爱和重视。十几岁时,母亲让他辍学,希望他能成为一位象样的农民。幸亏他的母亲被说服了,她相信了儿子的主要天赋不在于务农,而是另有所为。18岁的牛顿进入剑桥大学后,迅速地掌握了当时的科学和数学知识,很快就开始进行独立的研究工作。他在21~27岁期间为科学理论奠定了基础,使随后的世界发生了革命性的变化。艾萨克·牛顿是曾出现过的最伟大、最有影响的科学家。

17世纪中期是科学发展史中一个鼎盛的时期,该世纪初期望远镜的发明,使天文学的研究发生了彻底的革命。英国哲学家弗朗西斯·培根和法国哲学家勒内·笛卡尔都极力劝告所有欧洲的科学家,再不要依赖亚里士多德的权威,而要亲自做观察和实验。培根和笛卡尔的倡导为伟大的伽俐略所实践。他用新发明的望远镜所做的天文观测给天文学带来了革命,他的力学试验建立了现在人称的牛顿第一运动定律。

其他伟大的科学家,如发现血液循环的威廉·哈维和发现行星绕日运动定律的约翰尼斯·开普勒都为科学领域提供了新的基本知识,而且纯科学成了知识分子的一种消遣,但还无法证明弗朗西斯·培根的预言:当科学被运用到技术领域时,就会使人类的全部生活方式发生革命。

牛顿做棱镜分解太阳光的实验

尽管哥白尼和伽俐略澄清了古代科学中的一些错误观念,为人类更好地了解宇宙做出了贡献,但是还没有一套系统的定律来把这些似乎是互不关联的发现变成可以做科学预测的统一学说。而正是是艾萨克·牛顿统一了各种发现,建立了一个统一的学说,从而使现代科学进入了它一直所遵循的航程。

牛顿一般不愿意发表他的研究成果。早在1669年他就在他的大多数著作里对基本概念作了系统的阐述,但是他的许多学说却在很久以后才公开发表出来。他公布的第一个发现是有关光的性质的一项突破性的贡献。牛顿经过一系列认真的试验,发现普通光是彩虹所有的不同色光的混合光。他还对光的反射和折射定律的结果做了认真的分析,根据这两个定律,1668 年他设计并制造出了真正意上的第一台反射望远镜,如今大多数天文台都使用这类望远镜。牛顿 29 岁时把他的这些发现及其许多其他光学试验结果呈交给英国皇家学会。

仅就光学方面的成就或许就可以使他耀眼于科学群英之中,但是他在这方面成就比起他在数学或力学方面的成就来,那就相形见绌了。他对数学的贡献主要是发明了积分,这一成就可能是他在二十三四岁时做出的,这一发明是当代数学中最伟大的成就,它不仅仅是许多现今数学学说产生的种子,而且也是必不可少的重要工具,没有这一工具现代科学在随后就不会取得进展。此外,牛顿对热力学和声学都作出了重大的贡献。他提出了极其重要的物理学定律:动量守恒定律和角动量守恒定律;他发现了数学中的二项式定理;他第一次对星体起源作出了令人信服的解释。如果牛顿仅仅发明了积分而别无所获,也可以使他在历史名人中排到相当高的名次。

但是牛顿最重要的发现是在力学方面,力学是研究物体运动的科学。伽利略发明了第一运动定律,这一定律描述在没有外力的作用下物体运动的情形。当然在现实中所有的物体都受外力作用,力学中最重要的问题是这种情况下物体怎样运动。牛顿提出的最著名的第二运动定律,解决了这个问题,这一定律可能被理所当然地视为经典物理学中最基本的定律。他的第二定律(其数学表达式为 $F=ma$)可表述为:物体运动的加速度(即速度变化率),与作用在该物体上的合力成正比,与物体的质量成反比。除了

诠释一生的名人故事

这两个定律外,牛顿又提出了著名的第三运动定律(这定律可表述为:有作用力即外力就必然有反作用力,且两者大小相等方向相反)和他的科学定律中最著名的定律——万有引力定律。这四条定律一起构成一个统一的体系,实际上所有的宏观力学体系都可以利用这一体系来加以研究和预测,从单摆的振动到行星绕日在其轨道上运动都用得上。牛顿不仅提出了这些力学定律,而且还利用积分这一数学工具说明了如何利用这些基本定律来解决实际问题。

牛顿定律已被用来解决极其广泛的科学和工程学方面的问题。牛顿在世时,他的定律的最有戏剧性的应用是在天文学领域里。他在这个领域里也处于领先地位。1687 年发表了他的伟大著作《自然哲学的数学原理》(人们通常只称作《原理》),在该书中他提出了万有引力定律和运动定律,并说明如何利用这些定律来准确预测行星绕日的运动。牛顿的这一壮举圆满地解决了动力天文学的主要问题,即准确预测星体和行星的位置和运动。因此牛顿常被认为是所有的天文学家之魁。

应该如何评价牛顿在科学中的重要地位呢?如果我们翻阅一部科学百科全书的索引,就会看到提到牛顿及其定律和发现的条目比任何其他一个科学家都要多(也许多 2~3 倍)。况且,我们还要考虑其他伟大的科学家对牛顿的评价。莱布尼兹绝不是牛顿的朋友而是与他进行过唇枪舌剑之争的对手,他却写道:"从有世以来,到牛顿所处的时代,他在数学领域所做的工作占了整个的绝大部分。"伟大的德国科学家拉普拉斯写道:"《原理》一书比任何其他天才的作品都出类拔萃。"拉格朗日常说牛顿是曾经出现过的最伟大的天才。厄恩斯特·马赫在 1901 年写道:"自从牛顿时代以来所取得的一切成就都是牛顿力学在演绎上、形式上和数学上的进展。"这也许说出了牛顿的伟大成就的关键所在——他发现科学是一门由孤立的事实和定律构成的杂学,它能描述一些现象,但只能预测几种现象,他为我们留下了一个统一的定律体系,这个体系能解释大量的物理现象,能用来做准确的预测。

1727 年,牛顿这颗巨星陨落了,他安葬在西敏寺大教堂①——这是被赐予这种荣誉的第一位科学家。

现在,世人虽然都会公认牛顿是曾出现过的最伟大、最有影响的科学家,但是也许仍会有人把他和诸如亚历山大大帝和华盛顿这样重大的政治人物以及如耶稣·基督和乔达摩·佛伦这样重大的宗教人物相比较——很大程度上讲他们改变了历史。本书认为,尽管政治变化是重大的,但仍有理由认为在亚历山大之死前后 1000 年间的大多数生活方式并没有发生变化。同样,就主要的日常活动而论,大多数人在公元前后 3000 年间的生活方式也没有发生变化。但是在过去的 500 多年中,随着现代科学的出现,大多数人的日常生活发生了彻底的变化。但是与 1500 年的人们相比,人们的吃喝穿戴有了变化,人们的娱乐活动也有了很大的改观。科学发现不仅仅使技术和经济发生了革命,而且使政治、宗教思想、艺术和哲学发生了彻底的变化。科学

诠释一生的名人故事

---

① 西敏寺大教堂,位于西敏寺的哥德式建筑,10 世纪忏海王爱德华所建。此后曾重建多次。历代君主的加冕仪式皆在此举行,内有许多君主、政治家、军人、诗人等社会名流的墓。

革命使人类所有的活动方式均有变化。正因为如此，许多科学家和发明家才被列入本书。牛顿不仅仅是无与伦比的科学家，而且是科学理论发展中最有影响的人物，因此在任何一部世界上最有影响的人物传志上，他名列前茅是当之无愧的。

知识链接

牛顿的主要贡献：以牛顿三大运动定律为基础建立牛顿力学；发现万有引力定律；建立行星定律理论的基础；致力于三棱镜色散的研究并发明反射式望远镜；发现数学的二项式定理及微积分法等和近代原子理论的起源。

天花克星——爱德华·詹纳

在人类与病疫斗争史中,有一位世界人民不可忘却的功臣——英国内科专家爱德华·詹纳。他发明和普及了一种预防可怕的天花病的方法——接种疫苗法。

今天,应该感谢詹纳——他使得天花在地球上真正被消除殆尽了。现今,世人容易忘却它在早期世纪里造成了蚕食鲸吞人类生命那着实可怕的情景。天花的传染性很强,以致大多数的欧洲居民在一生的某个时候确实都要染上此病;它具有的毒性很强,以致足以使 1% ～20% 的患者丧生。纵有幸存者,其中仍有 10% ～15% 的人终生留有严重的症根。当然天花不只限于欧洲,它还席卷了北美、印度、中国和世界许多其它地区,所到之处儿童都是最易受害者。

人们为找出预防天花的可靠方法进行过多年的努力。在很长一个时期里,人们知道患天花病的幸存者从此具有了免疫力,不会第二次再患天花病。在东方,这种观察的结果引发出一种接种方法,即用从患有轻度天花症的人体内取出病毒给健康人接种,其目的是为了让接过种的人只染上轻微的天花症,待恢复后获得免疫力。

这种方法在 8 世纪初期由玛丽·沃特利·蒙塔古女士引入英国,

诠释一生的名人故事

并且在詹纳许多年以前就在英国得以普遍使用。事实上詹纳自己在8岁的时候就接种过天花痘。但是这种简易的预防方法有一种严重的缺陷:有相当数量的接过天花痘的人不是患上轻微的天花病,而是患上了恶性天花病并留下了累累的痘根。实际上就是在接种期的约2%的时间里会出现天花的致命性发作。因此,寻求一种更好的预防方法显然是迫在眉睫。

为男童接种牛痘

詹纳于1749年出生在英国格洛斯特郡伯克利小镇上。12岁时他跟一位内科医生学徒,后来在一家医院里边学解剖边工作。1792年在圣·安德鲁大学获得医学学位。他四十五六岁时已成为格洛郡内的一位有名的内科和外科医生。

詹纳熟悉他所在地区的奶场女工和农民当中的一种公认的说法：牛痘是牛患的一种轻度病，但也可以传染给人，人若传染上牛痘，就再也不会得天花病（牛痘本身对人来说没有危险，虽然其症状与极轻度的天花病有点相似）。詹纳认识到如果农民的说法是正确的话，那么给人接种牛痘就是使之获得天花免疫的一种安全的方法。他对这个问题进行了仔细的调查研究，1796 年他相信农民的说法确实正确，因此他决定直接对它加以检验。

1796 年 5 月，詹纳用从一个奶场女工手上的牛痘脓胞中取出来的物质给一个 8 岁的男孩詹姆斯·菲普斯注射。如事先所料，这孩子患了牛痘，但很快就得以恢复。詹纳又给他种天花痘，果不出所料，孩子没有出现天花病症。

经过进一步的调查后，詹纳在一本薄书《天花疫苗因果之调查》里公布了他的结果，他于 1798 年非正式地发表了这本书。就是这本书使得接种方法被迅速采用。随后詹纳又发表了另外 5 篇论接种的文章。他为人们接受接种而长年旰衣宵食，四处宣传。

接种法迅速在英国传开了，不久就在不列颠陆军和海军中强制实行。最终它被全世界大部分地区所采用。

詹纳无私地把他的接种方法奉献给世界，无意从中取利。但是1802 年英国议会为了对詹纳表示感谢，授予他一笔 1 万英镑的奖金，几年后又追加一笔两万英镑的奖金。他成了世界名人，得到许多荣誉和奖赏。詹纳结过婚，有 3 个孩子。他于 1823 年初在他的家乡伯克利逝世，终年 73 岁。

我们看到，詹纳并没有发明患牛瘟病会带来天花免疫的思想，他

9

诠释一生的名人故事

是从别人那里听到的。事实上在詹纳成功之前，有几个人就曾被有意识地接种过牛痘。

虽然詹纳不是一位有惊天动地的创新思想的科学家，但是为人类利益做出这样杰出贡献的人确是绝无仅有。他通过调查、实验和写作，把一种医学界忽视的民间说法转变成了拯救无数人生命的标准方法。虽然詹纳的方法只用于对一种疾病的预防，但此病是危害人类的一种强敌，非同小可。他的同代人和后来的每一代人所给予他的荣誉，他完全受之无愧。

知识链接

现今由于医学的发达，我们有幸没有遭到天花病毒的蹂躏。所以，我们对詹纳的贡献也就没有深切的体会，但是，看看下面的历史记载，也许我们就能更深刻地体会到他给人类健康带来的巨大福祉。在英国，1857—1859 年间英国天花流行，杀死 14244 人；而 1863—1865 年间的天花大流行，又夺去了 20059 人的生命。1872 年，英国经历了最惨重的天花大流行，有 44840 人丧生。19 世纪里曾有 3 个历史学家记录下北美大湖地区天花起源和流行的情况。而 1872 年的美国天花大流行，仅费城一地就有 2585 人死亡。俄国，从 1900—1909 年这 10 年间，死于天花者即达 500000 万人。

欧洲活字印刷的发明者——约翰·古腾堡

古腾堡,世人对他的生平知之甚少。他大约 1400 年出生在德国美因兹。15 世纪中期他对印刷术做出了卓著贡献。大约于 1454 年,他的最有名的著作,即所谓的《古腾堡经》在美因兹印刷。但令人感到奇怪的是,古腾堡的任何一本书上都没有他的大名,甚至在《古腾堡经》上也没有,不过该书显然是用他的机器印刷的。他似乎不善经商之道,当然未能从自己的发明中赚大钱。恰恰不幸的是他卷入了几起起诉案,其中有一件似乎是将他的机器作为押金交付给了他的同伴约翰·法斯特。古腾堡于 1468 年在美因兹去世。

约翰·古腾堡常被称为印刷发明家。实际上他的贡献是发明了活字印刷术的印刷机,从而使多种多样的文字材料得到迅速准确的印刷。历史上哪一项完全成功的发明都不是出自一个人的智慧,印刷当然也不例外。人们从古代以来就使用与刻板印刷工作原理相同的章印和图章戒指。在古腾堡以前许多世纪,中国人就懂得刻板印刷术,在我国发现了注有 868 年印刷的书。在古腾堡以前,西方人也懂得刻板印刷术,刻板印刷可使一本书印成许多册。但是这种方法有一项很大的缺陷,就是印刷每一种新书都需要一套崭新的木刻或印板,因而

诠释一生的名人故事

出版种类繁多的书是不切合实际的。

约翰·古腾堡

人们常常说古腾堡的主要贡献是发明了活字。然而,早在 11 世纪中期中国就发明了活字,发明者就是中国人熟知的毕昇。他发明的活字是用陶瓷制成的,耐用性差,但是另一些中国人和朝鲜人对此进行了一系列的改进,早在古腾堡之前朝鲜人就使用了金属活字。15世纪初期朝鲜政府就资助过一家铸造厂承办印刷活字的生产。尽管如此,认为毕昇是位特别有影响的人物是不对的。首先,欧洲并不是从中国学会制造活字,而是独立发明的;其次,中国从西方学到现代印刷术是相当近期的事,在此之前活字印刷术从来没有得到普遍使用。

现代印刷术有 4 个主体成分。要件第一是活字及其定位法；第二是印刷机本身；第三是适宜的墨水；第四是适宜的材料，如印刷的纸张。中国的蔡伦所发明的纸早在古腾堡发明活字印刷术以前就传入了西方。纸对古腾堡来说是印刷术中唯一直接使用的现成条件，其它 3 种条件虽说前人已经做了一定的工作，但仍需要他做出许多重要的改进。例如他发明了一种适于制造活字的金属合金，一种能准确无误地倒出活字字模的铸模，一种油印墨水和一种印刷机。

但是，古腾堡的整个贡献远远超出他的任何一项具体的发明或革新。他之所以能被世人永远纪念，因为他把所有这些印刷成分结合起来构成一种有效的生产系统，是因为印刷有别于先前所有的发明，基本上是一个大规模的生产过程。一枝来福枪比一副弓箭自然是杀伤力更强的武器，但是从效果来看一个印刷本与一个手抄本并无明显差别，因此印刷的优越性就是在于大规模生产。古腾堡创造的不是一种小配件、小仪器，甚至也不是一系列的技术革新，而是一种完整的生产过程。

比较中国与欧洲在随后的发展状况，就会在一定程度上了解古腾堡对世界历史的影响。古腾堡出生时这两个地区的技术发展大致相等。但是在古腾堡发明了现代印刷术之后，欧洲发展非常迅速，而中国在很长一段时期内继续使用刻版印刷术，其进步则相对缓慢。要说造成这种差异的唯一因素是印刷术的发展也许不切事实，但是它确实是一个重要的因素。

我们甚至可以完全肯定地说，既使没有亚历山大·格雷厄姆·贝尔，电话也会在其所处世代不久后会被其他人发明，其他许多发明也是如此的。但是没有古腾堡，现代印刷术的发明很有可能会推迟许多世代。从印刷术对后来的历史所产生压倒一切的影响来看,古腾堡毫无疑问会名列前茅。

知识链接

在马克思和恩格斯的著作里,他们30多次提到古登堡的印刷术及印刷机的诞生对现代精神交往的巨大推动。15世纪中叶德国人古登堡发明欧式印刷术时,恰恰是世界交往开始形成的年代,这一发明因而被迅速传播,得到发展。马克思称印刷术是"最伟大的发明"。印刷术的发明摧毁了以往口头和手抄文字交往的传统,这使得重大科技发明和人类文明得以保存和流传,促进了世界人民的交流。

新大陆的发现者——克里 斯托弗·哥伦布

1451 年,哥伦布出生于热那亚的一个纺织家庭,曾在地中海当海员,长大后当上了舰长,是一名技术娴熟的航海家。自幼就十分崇敬曾在热那亚蹲过监狱的马可波罗,立志要做一个航海家,十分向往中国和印度。

哥伦布一直在寻找亚洲,但在寻找亚洲的西行之路时却意外地发现了美洲大陆。这对世界历史的影响比他本人可能预料的还要大。他的这一发现是历史上一个重大转折点,开创了在新大陆开发和殖民的新纪元。当时欧洲人口正在膨胀,有了这一发现,欧洲人就有了可以定居的两个新大陆,就有了能使欧洲经济发生改观的矿藏资源和原材料。这一发现,导致了美国印地安人文明的毁灭性灾难。从社会发展的观点来看,这一发现还导致了西半球一些新的国家的出现了。这些国家与曾在该地区定居的各个印地安部落截然不同,它们极大地影响着旧大陆的各个国家。

他确信西起大西洋是可以找到一条通往东亚的切实可行的航海路线后,坚决要把这种设想变成现实。他终于说服了伊莎贝拉一世女皇,女皇为他的探险航行提供了经费。

哥伦布

　　1492 年 8 月 3 日,由大小船只组建的探险队由西班牙启航,第一站到了位于非洲海岸线附近的卡那利群岛。9 月 6 日从该岛出发向西航行。这是一个漫长而艰苦的航程,途中水手们感到万分恐惧而想要返航,但是哥伦布坚持继续前进,直到 1492 年 10 月 12 日陆地才显现在他们的视野里。

　　翌年 3 月哥伦布返回西班牙。这位凯旋而归的探险家被授予最高的荣誉。随后他又进行了 3 次横渡大西洋的航行,妄图找到直接通往中国或日本的航线。哥伦布坚持认为他找到了一条通往东亚的道路,大多数人早已认识到那不是通往东亚的道路,但他仍坚持自己是正确的。

伊莎贝拉向哥伦布许诺,他可以做他所发现的任何陆地的总督。但是作为一个行政官他是不称职的,最后被撤职,带着镣铐被遣送回西班牙。在西班牙他很快就得到了释放,但是没有再让他担当任何官职。普遍谣传说他在贫困中丧生,这是毫无根据的。1506 年他去世时相当富裕。

显然哥伦布的首次航行对欧洲历史具有革命性的影响,甚至比对美洲大陆的影响还要大。1492 年是每个学童都知道的年份。但是,本书中把哥伦布在排到这样的位置,很可能会有人不赞同。

首先,理由是哥伦布不是发现新大陆的第一个欧洲人。海盗水手雷弗·艾利克逊早在他之前几百年前就到达了美国。甚至我们还可以相信,在这个海盗水手和哥伦布期间,还有其他几位欧洲人穿越过大西洋。但是,从历史上来看,雷弗·艾利克逊相对说来是个无足轻重的人物。有关他的发现从未被广为流传过,更没有引起欧洲和美国发生过任何重大变化。但是哥伦布发现的消息很快就传遍了整个欧洲。在他返回后的几年内,就有许多次到新大陆的探险行程,于是征服新领土在新领土上殖民历史上演了,这些都是他的发现所引起的直接结果。

当然,和许多发现者一样,当时即使没有哥伦布,他的发现别人也会做出。15 世纪的欧洲已成为一块人心鼎沸的土地:通商贸易向四处发展,不可避免地要出现探险活动。事实上,葡萄牙人在哥伦布以前相当长的一个时期内,一直在积极地寻找一条通往印度群岛的新道路。

似乎确实有可能欧洲人迟早都会发现美国,甚至也有可能不会推

诠释一生的名人故事

迟很长时间。但是如果说不是哥伦布在 1492 年的那次探险,而是法国人或英国人在 1510 年最先发现了美国,随后的发展就会迥然不同。

还有一种理由是在哥伦布航海之前,许多 15 世纪的欧洲人就已经知道地球是圆的。这个学说在许多世纪以前就由希腊哲学家们提出过,又得到了亚里士多德的坚决赞成,因而是会得到 14 世纪受过教育的欧洲人承认的。不过哥伦布并不因证明地球是圆的而闻名(事实上在这方面他并没有真正成功),而是因发现了新大陆而闻名的。15 世纪的欧洲人和亚里士多德都不知道美洲大陆的存在。

知识链接

哥伦布在航行之前,地圆说已经很盛行,他也深信不疑。先后向葡萄牙、西班牙、英国、法国等国国王请求资助,以实现他向西航行到达东方国家的计划,都遭拒绝。由于其理论尚不十分完备,许多人不相信,把哥伦布看成江湖骗子。一次,在西班牙关于哥伦布计划的专门的审查委员会上,一位委员问哥伦布:即使地球是圆的,向西航行可以到达东方,回到出发港,那么有一段航行必然是从地球下面向上爬坡,帆船怎么能爬上来呢?对此问题,哥伦布也只有语塞。事实上他一时不能说服伊莎贝拉给他提供经费的重要原因是因为他贪得无厌,总是讨价还价。

科学巨子——阿尔伯特·爱因斯坦

1879 年,爱因斯坦出生于德国乌尔姆市。他在瑞士就读中学,1900 年加入瑞士籍。1905 年他在苏黎世大学获得哲学博士学位,但是在当时那个社会却谋不到一份教书职业。然而就在当年他发表了狭义相对论、光电效应和布朗运动等方面的论文。这些论文,特别是狭义相对论,在几年之内就使他享有世界上最杰出、最富有创造性的科学家的盛名。他的学说引起了科学界激烈的争论,除达尔文外没有哪位现代科学家像爱因斯坦引起那么多的争论。尽管如此,他仍被任命为柏林大学教授,同时还兼任威廉物理研究所所长和普鲁士科学院院士。他乐于身兼数职,因为这些职务可以使他把全部精神都投入到科研中去。

希特勒上台后使他在德国处境险峻,因为爱因斯坦是犹太人。于是在 1933 年他移居美国新泽西州普林斯顿市,在该市高级研究所工作。1944 年他加入美国籍,后来又娶了一个妻子,夫妻生活显然过得很幸福。1955 年他在普林斯顿去世,结束了他伟大的一生。

20 世纪最伟大的科学家,永远属于智慧超群行列中的天才,爱因斯坦以其相对论而最为世人所知。相对论包括 1905 年提出的狭义相对论和 1915 年提出的广义相对论。而后者被称为爱因斯坦引力定律。由于这两种学说都十分复杂,本书不打算加以说明,而只是想对狭义相对论作几点评说。

阿尔伯特·爱因斯坦

"一切都是相对的"是一句世人熟知的格言。爱因斯坦运用数学这门严密的语言准确表述科学度量的具有相对性的道理,而非哲学上陈词滥调的重复。显然,对时空的主观感觉取决于观察者,但是在爱因斯坦以前,大多数人总是认为实际的距离和绝对的时间就存在于主观印象之中,用精密的仪器就可以把它们如实地测量出来。爱因斯坦的学说否定了绝对时间的存在,使科学思想发生了革命。也许,下例可以说明他的学说究竟是怎样彻底改变世人的时间观的。

设想有一架飞船甲以 100 000 公里/秒的速度飞离地球。在飞船上和地球上的观察者都对飞船速度进行测量,两者所测得的结果相等。与此同时,有另一架飞船乙沿着飞船甲的同一方向但以大得多的速度作飞行运动。如果地球上的观察者对飞船乙的速度进行测定,就会发现它是在以 180 000/公里的速度飞离地球。飞船乙上的观察者也会得到同样的结果。

由于现在两个飞船都沿同一方向运动,两者的速度差似乎应该是 80 000 公里/秒,而且较快的飞船肯定会以这个速度飞离较慢的飞船。

但是爱因斯坦学说却预言,如果观察者是在这两个飞船上进行的,两个观察者会一致认为它们之间的距离是以 100 000 公里/秒而不是 80 000 公里/秒的速率增加。

这种预言的结果似乎没人肯信,也许认为作者这里在文字表述上做了什么障眼法,或者认为这个问题的某些重要的细节还没有提及,然而事实绝非如此。这个结果与飞船构造的详细情况或飞船飞行的动力也毫无关系;事实上不是观察有错误,不是由于测量仪有毛病,措词上也没有玩弄花招。根据爱因斯坦的速度合成公式很容易计算出来,上述结果只不过是时空基本性质的一个产物。

当然,所有这些在理论上似乎使人感到高深莫测,实际上许多人在长年中把相对论视为无实用价值的"象牙之塔"之类的假说,避而不谈。自从 1945 年原子弹落在长崎、广岛以来,人们对相对论开始重视起来。从爱因斯坦相对论所得出的结论之一就是物质和能量在某种意义上来看是等同的,两者的关系可以用公式 $E=MC^2$ 来描述,其中 E 代表能量,M 代表质量,C 代表光速 186 000 英里/秒,那么 C^2 就是一个更为巨大的数字。由此可知,很小量的物质即使只发生部分转变也会释放出巨大的能量。

当然,人们不能只根据公式 $E=MC^2$ 就能制造原子弹和建立核电站。此外,许多其他人也对发展原子弹发挥了重要的作用,但是爱因斯坦为之做出的重大贡献是不言而喻的。爱因斯坦1939年致函罗斯福总统,指出了制造原子弹武器的可能性,强调了美国抢在德国前面造出这种武器的重要意义。就是这封信促进了曼哈顿工程的建立,导致了第一颗原子弹的发射。

狭义相对论引起了人们激烈的争执,但是有一点人们却是一致的——它是曾被发明的最令人感到神密莫测的学说。可是人们都错了,因为爱因斯坦的广义相对论一开始就有这样的前提,引力效应并不是通常所说的物理力,而是空间本身弯曲的结果。一个多么令人惊奇不已的学说啊!

怎样才能测出空间本身的曲度呢?空间弯曲究竟意味着什么呢?爱因斯坦不仅提出了这一学说,而且把这一学说用清晰的数学式表达出来,他的数学表达式可以做出一些具体的预见,使他的假说得到验证。后来所做的观察——其中最有名的观察是在日全食期间做的——反复证明了爱因斯坦方程的正确性。

广义相对论与所有其他科学定律相比具有几个独到之处。爱因斯坦学说的提出并不是以细致的实验为基础,而是以对称和精巧的数学为依据,即像希腊哲学家和中世纪学者那样,以理性主义为依据(这样的学说就与基本上以实验为依据的现代科学发生了冲突)。但是希腊哲学家在追求美和对称过程中从来没能提出一种经得起实验的关键性检验的力学学说,而爱因斯坦的学说到目前为止却经受住了各种检验。一般认为在所有的科学学说中,广义相对论最美妙、最幽雅、最有效、最有说服力。这是他的研究方法带来的一个成果。

　　广义相对论还有另一个独到之处。大多数科学定律只是近似正确，它们可以在许多情况下应用但并不是所有的情况下都能应用。但是就目前的情况来看相对论却根本没有例外的情况。就所掌握的情况，无论从理论还是从实验来看，爱因斯坦广义相对论所得出的推论都近似正确。未来的实验可能会打破这一学说的完美纪录，但到目前为止，它仍是最接近于科学家设想过的真理极限。

　　虽然爱因斯坦以其相对论最为世人所知，但是他的其他科学成就也足以使他名列著名科学家的行列。事实上爱因斯坦获得诺贝尔物理奖主要是他的光电效应发现。在此之前光电效应是使物理学家迷惑不解的一个重要现象。他在这篇论文中提出了光子（光微粒）存在的假说。由于很久以前通过干扰实验就确立了光是由电磁波组成的，而且波和微粒是两个对立的概念，因而爱因斯坦的假说是对经典学说的一次似非而是的彻底突破。他的光电效应定律不仅仅有重要的实际应用，而且他的光子假说对量子论的发展产生过重大的影响，今天仍是量子论的一个组成部分。

　　把爱因斯坦和艾萨克·牛顿相比，他的重要性就会显而易见。牛顿的学说基本上容易理解，他的杰出的才能在于首先创立了这些学说。但是，即使对爱因斯坦相对论做详细的解释也极难理解，因此创立这样的学说比创立牛顿学说的难度和艰辛是显而易见的。虽然牛顿提出的一些概念与当时流行的科学概念互相之间有尖锐的矛盾，但是他的学说看上去似乎从来都不自相矛盾。而相对论看上去却充满了矛盾。爱因斯坦的杰出天才一定的程度上就在于他并没有因这些看似显然的矛盾而放弃自己的学说。当初他还是一个 20 来岁的无名小卒，他提出的概念只不过是未经验证的假说，更确切地说，他在头脑中对这些矛盾进行了仔细的思考，直到其中的每个矛盾都可用一种微妙而正确的方法加以解决为止。

今天人们认为爱因斯坦学说从根本上来说比牛顿学说更"正确"。虽然牛顿学说为现代科学技术奠定了基础。但是如果只有牛顿的贡献而没有爱因斯坦的贡献，当代多数科学技术就不会是今天的模样。

另外。在大多数情况下，一种重要思想的发展都不是一个人所能完整做出的。显然，社会主义历史或电磁学说发展的情形就是如此。虽然不能把发明相对论的成就百分百地归功于爱因斯坦，但是其绝大部分当然应归功于他。与任何其他可以相提并论的重大学说相比，相对论在更大程度上来看主要是一位举世无双的杰出天才创作的成果。

知识链接

爱因斯坦虽然是位科学家，但很关注社会政治。爱因斯坦始终不渝地关心自己所处的现实社会，经常表明自己对政治问题的看法。他一向反对暴政，强烈爱好和平，坚决支持犹太复国主义。在穿着打扮和社会风俗的问题上，他有着鲜明的个性。他幽默感很强，为人和蔼谦逊，有拉小提琴的天赋。若把牛顿的碑文献给爱因斯坦可能会更加合适：人类伟大骄傲之子，世间无穷欢乐之泉。

日心学说者——伽俐留·伽俐略

1564 年，伽俐略出生于意大利比萨市，年轻时就读比萨大学，但由于经济拮据，中途辍学。1589 年他在本校找到了一个教书的职业。几年后他正式在帕尤尔大学任教，一直到 1610 年。他的大多数科学发现就是在此期间做出的。这位伟大的意大利科学家伽俐留·伽俐略对科学方法论的创立也许比任何其他个人所做出的贡献都大。

伽俐略最初的重大贡献产生于力学领域。最初，亚里士多德教导说，重物体的下落速度比轻物体下落的速度要快。由于这位希腊哲学家的绝对权威，世代学者都接受了他这一论断。但是伽俐略却决定对它加以验证，通过一系列的实验，他很快发现亚里士多德错了。事实在真空环境下，轻、重物体下落的速度相同。发现这一规律后，伽俐略又做了进一步的试验，他仔细测量了下落的物体在给定时间内所通过的距离后，发现一个下落的物体经过的距离与它下落所用的时间秒数的平方成正比（数学表达式：$H = \frac{1}{2}gt^2$）。这一发现本身意味着一个恒定的加速度，具有重要的意义，但更重要的是伽俐略能用一个数学公式概括出一系列实验的结果。广泛使用数学公式和数学方法是现代科学的一个重要特征。

伽俐略还有一个主要贡献是他发现了惯性定律。在此以前人们普遍认为在没有外力的作用下,一个正在运动的物体必然要逐渐减速直至停下来。但是伽俐略的实验表明这个广为人们接受的论断同样是错误的。我们现在知道在没有外力作用下,运动的物体会无限地继续运动下去。牛顿也明确地重申了这一重要原理,并把它作为第一运动定律并入自己的力学体系中,它是物理学中的重要定律之一。

伽俐略

当然,伽俐略最著名的发现是在天文学领域中做出的。在 17 世纪初期天文学说处于十分混乱的状态,哥白尼的日心说的追随者和古老的地心说的拥护者之间进行着一场激烈的论战。早在 1604 年伽俐略就宣布他认为哥白尼是正确的,但是当时无法证明。1609 年伽俐略听到荷兰发明了望远镜的情况,虽然他对这种装置只能做出很简单的描述,但是他凭借自己独特的天赋,很快就亲手制成一台特别高级的望远镜。他使用自己制作的望远镜来探索太空,仅在一年之内就做出了一连串的重大发现。

通过观察,他看到月亮不是一个光滑的球体,它的表面矗立着无数座火山口和高山。于是他得出结论说从总体来看,天体不是平滑完美的,而是和地球同样,具有凸凹不平的表面。通过观察,他看到从整体来讲银河并不是一片银色的云体,而是由众多的个体星星组成的,这些星星距离我们如此遥远以致用肉眼看上去就成了模糊的一片。通过对行星的观察,他发现有些环带包围着土星,有四个卫星绕着木星运行。这显然说明了地球以外的行星周围也可能会有运行的天体。通过观察他发现了太阳黑子(事实上尽管在他以前就有人观察到了太阳黑子,但是他公布的观察结果更有说服力,因而引起了科学界的重视)。他发现金星这颗行星的盈亏和月亮的盈亏十分相似。这对于说明地球和所有其他行星都绕太阳运行的哥白尼学说是一项重要的证据。

望远镜的发明及由此而做出的一系列发现使伽俐略闻名遐迩。但是他却由于支持哥白尼学说而遭致了有势力的教会的反对,1616年他被下了一道禁令,不准讲授哥白尼学说。这道禁令好几年未解除,为此他苦恼不已。1623年教皇死了,他的继位人是伽俐略的崇拜者。所以,翌年这位新教皇乌尔班八世暗示说对伽俐略的禁令已告无效。

在随后的6年中伽俐略写出了他最有名的著作《两个主要世界体系之间的对话》。该书巧妙地说明了支持哥白尼学说的证据,于1632

27

年得到教会监察吏的许可后出版发行。但是教会的权威人士对该书的出版感到愤怒,伽俐略很快就受到罗马宗教审判所的审判,指责他违反了1616年禁令。

似乎很明显,许多牧师对于迫害这位杰出的科学家的决定表示不满。既使根据当时的教会法,对指控伽俐略的案件也会有争议,所以,对他的判刑是比较轻的,事实上他根本没有坐牢,而只是被软禁在他的阿西特利的舒适的别墅里。按规定不允许他会客,但是实际上这条判决规定并没有加以实施。他所受到另外唯一的惩罚是要求他公开收回他的地球绕太阳运行的观点。这位69岁的科学家公开收回了他的这一观点。有一个有名的也许是不可靠的传说,他收回自己的观点后,俯视地球,喃喃自语:"它仍在运行。"在阿西特利,他继续写力学专著。他于1642年在那里去逝。

伽俐略对科学发展所做出的巨大贡献长期以来就已被确认。他的重要贡献就在于他的科学发现,如惯性定律,望远镜,天文观测及确立哥白尼假说的天赋。更重要的是他在创立科学方法论中所起的作用。在此之前,大多数自然科学家都在受亚里士多德的启迪,先对事物定性观察,再划分类别。然而伽俐略则先对事物加以研究,再做定量观察。这种对仔细做定量测量的强调从那以来就成为科学研究的一个基本特征。

也许,伽俐略对科研的经验方法的创立所做出的贡献比任何其他人都大。是他首先坚持做实验的必要性。他摒弃通过信赖权威——不管是教会的布告还是亚里士多德的命题——来解决科学问题的观念,摒弃在没有可靠的实验基础上对进行复杂推理的方法的信赖。中

28

世纪的学者们滔滔不绝地讨论应该发生什么事情及其发生的原因,但是伽俐略却坚持通过实验来确定实际发生了什么。他的科学观显然没有神密色彩,从这方面来看,他甚至比他的一些晚辈人如牛顿更先进些。

知识链接

　　人们也许不知道伽俐略是一位笃信宗教的人——尽管他受到了审判和定罪,但是他从未放弃自己的宗教信仰,也没有脱离教会。后代人崇敬而羡慕伽俐略,把他看作是反对教条主义和反对权威扼杀思想自由的象征。但是,他在创立科学方法中所起的作用则具有更重要的意义。

诠释一生的名人故事

最博学的人——亚里士多德

公元前 384 年,亚里士多德于出生在马其顿的斯塔基拉。他的父亲是一位著名的内科医生。在父亲的熏陶下,他对生物学和"实用科学"产生了兴趣。亚里士多德 17 岁时前往雅典柏拉图学园学习。他在那儿求学长达 20 年,直到柏拉图死后不久才离开。

公元前 342 年,亚里士多德返回马其顿,给国王 13 岁的儿子——历史上人称亚历山大大帝——当了几年私人教师。公元前 335 年亚历山大继承王位后,亚里士多德返回雅典,创办了自己的学校——莱希门学园。随后的 12 年他一直在雅典,这一时期与亚历山大军事征服的生涯大体相巧合。亚历山大并没有向先前的导师请求指教,但是却慷慨地为他提供研究经费。这在历史上也许是科学家从政府得到大批研究经费的头一个先例,也是随后几个世纪中的最后一个事例。

亚里士多德原则上反对亚历山大的独裁作风,因此他与亚历山大交往是有危险的。这位征服者因怀疑亚里士多德的侄儿有变节行为而将其处以死刑,看来他当时也曾有过想把亚里士多德处死的念头。亚里士多德颇为民主,并不合亚历山大的风格,尽管如此,他也会因为与亚历山大交往过甚而得不到雅典人的信赖。公元前 323 年亚历山大去世时，反马其顿的派别在雅典占据统治地位，亚里士多德被指控为犯有"渎神罪"。亚里士多德想起了 76 年前苏格拉底的命运，于是他逃离了雅典，逃往中还说：他不会给雅典第二次机会来犯下攻击哲学的罪行。几个月后他在流亡中丧生，终年 62 岁。其时为公元前 522 年。

亚里士多德

亚里士多德是古代世界最伟大的哲学家和科学家，他的学术创立几乎丰富了每个哲学领域的形式逻辑学，对科学做出了许多贡献。

虽然今天看来亚里士多德的许多学说已经过时了，但是比其他任何一个具体的学说都更为重要的是他研究问题的理性主义方法。亚里士多德的作品包含有他的态度、观念、信仰和信心。他的态度是人类生活和社会的每个方面都可以是思维和分析的合适对象；他的观念是宇宙并不是受纯粹的机会、魔力或任何神的荒诞不经的念头所支配，宇宙的运动是受理性定理所支配;他的信仰是人类应该对自然世界的每个方面都进行系统的研究;他的信心是我们在得出结论的过程中既要利用实验观察又要利用逻辑推理。这一套方法与传统主义、迷信主义和神秘主义相对立,对西方文明有着深刻的影响。

亚里士多德全部作品丰富得惊人,古代书名册上记录表明他写的书不少于170本,其中有47部留存下来。但是令人吃惊的不仅在于他的作品数量,而且在于他知识的博大精深。实际上他的科学著作构成了他所在时代的一部科学知识百科全书。其中包括天文学、动物学、地理学、地质学、物理学、解剖学、生理学,几乎古希腊人所掌握的任何其他学科都无所不有。他的科学著作一部分是对其他人已经获得的知识的汇编,一部分是他雇用助手为他收集资料所获的创造成果,一部分是他自己通过大量的观察而获得的成果。

有能力做每一个科学学科的学术带头人,这就是一项令人难以置信的功绩,将来也许再也不会出现这样的人物。但是亚里士多德的成就远不止这些,他还是一位有创建的哲学家,对推理哲学的每一个领域都做出了重大贡献,他的论著有伦理学和形而上学,心理学和经济学,神学和政治学,修辞学和美学。他写了有关教育、诗歌、野蛮人的风俗习惯和雅典宪法的作品。他的研究课题之一就是收集许多不同国家的宪法,以进行比较研究。

也许在亚里士多德的所有著作中最重要的是他的逻辑学。一般认为他是哲学中这个重要分支的创立人。实际上就是由于亚里士多德的思想具有逻辑性,才使他对如此众多的学科都做出了贡献。他有组织思想的才赋,他提出的定义和建立的范畴为后来许多不同领域产生的思想提供了基础。亚里士多德从来不搞神秘主义和极端主义,总是实用主义的代言人。当然他犯过错误,但是在如此大部头的思想百科全书中,他犯下的愚蠢错误却寥寥稀少。

亚里士多德极大地影响了后来的整个西方思想世界。在古代和中世纪期间,他的著作被译成拉丁语、叙利亚语、阿拉伯语、意大利语、法语、希伯来语、德语和英语。后来的希腊作家都研究他的作品,赞美他的作品,拜占庭的哲学家也是如此。他的著作对伊斯兰教哲学有着重大的影响。在许多世纪中,他的作品一直统治着欧洲思想。阿维罗伊斯①——也许是所有阿拉伯哲学家中最著名的哲学家——努力把伊斯兰教神学和亚里士多德理性主义加以综合。中世纪最有影响的犹太教思想家麦孟尼底也为犹太教做了类似的综合。但是这类著作中最著名的是基督教学者圣·汤姆斯·阿奎奈的伟大著作《神学大全》。受亚里士多德深刻影响的中世纪学者多不胜举。

人们对亚里士多德的羡慕如此之深,以致于在中世纪末期到了近乎崇拜偶像的地步,他的作品已不再是一盏指路的明灯,而是成了一件禁止人们进一步探索知识的紧身衣。亚里士多德喜欢进行独立观察和思索,无疑他不会赞成后世人对他的作品所做的崇拜。

33

诠释一生的名人故事

---

① 阿维罗伊斯(1126—1198年):阿拉伯医生、哲学家,生于西班牙哥多华,曾注释亚里士多德的著作。

知识链接

　　人无完人，亚里士多德辉煌的一生中也有其瑕疵。我们用今天的标准来看，亚里士多德的思想有些是极其反动的。例如，他支持奴隶制度，认为它符合自然规律；他相信妇女生来就低贱（当然这两种思想都反映了他所在时代的流行观点）。但是绝大多数是正确的、科学的，甚至是非常现代的，例如"贫穷是革命和罪恶的根源"，"所有冥想过治人艺术的人都认为皇帝的命运取决于对青年的教育"（当然在亚里士多德生活的时代里没有公共教育）。

诠释一生的名人故事

进化论奠基者——查理·达尔文

查理·达尔文于 1809 年 2 月 12 日（林肯也恰好出生在这一天）出生在英国什鲁斯伯里，由于创立了自然选择生物进化论而闻名于世。他 16 岁进入爱丁堡大学就读医学，然而医学和解剖学在他的眼里都是枯燥无味的，于是不久便转入剑桥大学改学神学。剑桥历来体育活动丰富，在剑桥，骑马、射击这样的活动远比所学的课程更令他欣喜不已。但是他的一位教授却对他印象深刻，于是教授推荐他担任英国猎犬号军舰探险航程上的博物学家一职。起初父亲反对儿子接受这一职务，认为这样的旅行只不过是这个青年人推迟安心做正经工作的另一个借口。但最终老达尔文被说服了，他同意儿子做这次旅行，因为这是西方科学史上最有价值的海洋航行之一。

1831 年，22 岁的达尔文乘猎犬号起航。在随后 5 年的历程中，猎犬号做环球航行，以并不匆忙的速度环绕南美海岸，考察荒无人烟的加拉戈斯群岛（即科隆群岛），访问太平洋、印度洋和南大西洋的一些其他岛屿。在这次漫长的航程中，达尔文目睹许多自然奇迹，发现了大量的化石，观察过无数种植物和动物，更为重要的是他对所观察到的一切都做了详细的笔记。这些笔记几乎为他后来的全部工作打下

诠释一生的名人故事

了基础；他从中得出了许多主要的思想，找出了能使自己的学说被普遍接受所需要的丰富而有力证据。

达尔文

诠释一生的名人故事

1836年，达尔文返回故乡。在随后的20多年间，他发表了一系列的论著，使自己跻身于英国主要生物学家之列。早在1837年达尔文就确信动物和植物种类并不是一成不变，而是在地质史的过程中进化。但是当时他并不知道这种进化的原因是什么。1838年他读到了托马斯·马尔萨斯的《人口论》，该书对他建立起通过生存竞争而进行自然选择的观念给予了极其重要的启发。达尔文甚至在系统阐述了自然选择原理之后，也没有急忙发表他的思想。他认识到他的学说注定要引起强烈的反对，因此他花费较长的时间来为他的假说认真地收集证据和充实论证。

达尔文早在 1842 年就写出了其学说的纲要，1844 年他正在着手写一部巨著，但是 1858 年 7 月正当达尔文仍在补充和修改他的伟大著作时，一件令他尴尬的事情发生了——艾尔弗雷德·拉塞尔·华莱士（一位英国博物学家，当时在东印度群岛）送来一份简述他自己的进化论手稿。华莱士的学说在每个要点上都与达尔文的相同！华莱士完全独自地提出了自己的学说，他把手稿送给达尔文，目的是想在发表前征得一位有名望的科学家的意见和评论。这是令人窘迫的，完全可能引起一场令人不快的优先权之争。但是华莱士的论文和达尔文的纲要于翌月作为一份共同的论文递交给了一个科学团体。

出乎意料，这份论文的递交并未引起高度的重视。但是达尔文翌年发表的论著《物种起源》却引起了一场强烈的反响。事实上可能没有哪一部科学论著像《通过自然选择的物种起源即物竞天择适者生存》（简称《物种起源》）那样引起科学界内外同样广泛而热烈的争论。这种争论直到 1871 仍在激烈地进行着，当年达尔文发表了《人类的祖先和性选择》。该书提出了人类是由像猿一样的动物演变而来的思想，这对白热化的争论来说无异于烈火添柴。

达尔文没有参加有关其学说的公开辩论。原因有二，其一是他自乘猎犬号航海以来健康状况一直不佳，恰加斯氏病一直困扰着他的健康。他在南美由于受昆虫叮咬而患上了这种病；其二，进化论的支持者们拥有一位达尔文学说的得力的申辩人和衷心的捍卫者——托马斯·H·赫胥黎。1882 年在达尔文逝世时，绝大多数科学家都承认他的学说基本上是正确的。

事实上达尔文并不是物种进化学说的创史人，在他以前就有不少

诠释一生的名人故事

人提出过这种假说,其中包括查理自己的祖父伊拉兹马斯·达尔文和法国博物学家让·拉马克。但是这些假说从未得到科学界的承认,因为其申辩者对进化方式所做提供具有说服力的科学证据。而达尔文的伟大贡献就在于他不仅能提出进化的可能方式——自然选择,而且也能提出大量极具说服力的科学依据。

有必要向世人申明的是达尔文学说的发明没有依赖于遗传学说,因为实际上没有依赖任何遗传学说的知识。在达尔文所处的时代里,人们对特别特征从一代传给下一代的方法都一无所知。尽管在达尔文撰写和发表其具有划时代意义的著作的那些年月里,雷戈尔·孟德尔正在从事研究遗传规律,但是孟德尔的著作恰恰是对达尔文的著作做了如此完美的补充——却一直被忽略到 1900 年,此时,达尔文的学说已被牢固地建立起来了。因此我们现在对进化学说的了解比达尔文的学说更加完全——遗传和自然选择相结合。

达尔文的学说对人类思想产生极大的影响。当然从纯科学的角度来看,达尔文使整个生物学科发生了革命。自然选择确实是一项非常广泛的原理,人们试图把它应用到许多别的领域中去,如人类学,政治学,社会学和经济学。

也许,甚至比达尔文学说具有的科学或社会学意义更为重要的是其对宗教思想的影响——在达尔文生活的时代及其以后许多年间,很多虔诚的基督教徒认为达尔文的学说会逐渐使宗教信仰遭致毁灭,他们的担心也许不无道理,尽管基督教徒对宗教感情的总体下降存在许多其他因素(达尔文自己变成为一个不可知论者)。

甚至从非宗教的观念来看,达尔文学说也使人们认识世界的方法发生了巨大的变化。看来人类作为一个整体,再不像曾一度那样在事物的自然体系中占据着中心地位。我们现代不得不把自己看作是许多物种中的一个,我们承认我们有一天会被取而代之的可能性。由于达尔文的工作,赫拉克赖脱"除变化外再没有永恒可言"的观点得到了远比从前更为广泛的接受。进化论对人类起源的总体解释所获得的成功,大大地加强了人们对科学有能力回答一切物质问题的信念(虽然不是所有的人类问题)。达尔文的术语"生存竞争"和"适者生存"已进入了各族人民的语言中。

知识链接

达尔文在剑桥时期过着双重生活:一方面,他并没有什么特殊兴趣地参加了必修课的考试和学士学位的考试,另一方面,他一心扑在自然科学上和体育运动上。同汉斯罗等人的结识,同昆虫学家们的交往,读书和旅行,同塞治威克一起进行的地质考察旅行,打猎和骑马旅行,这一切都日益把他锻炼成一个被自然科学家们称之为"野外工作者"式的博物学家。

诠释一生的名人故事

日心学说者——尼古拉·哥白尼

尼古拉·哥白尼,出生于波兰维斯杜拉河畔的托兰市的一个富裕家庭,波兰名为 Mikolaj Kopernik。以天文学的巨大贡献被世人尊为伟大的天文学家。

哥白尼年轻时就读于克莱考大学,学习期间对天文学产生了兴趣。20 多岁时他去意大利留学,在博洛尼亚大学和帕迪尔大学攻读法律和医学,后来在费拉拉大学获宗教法博士学位。哥白尼成年后的大部分时间是在费劳恩译格大教堂任职当一名教士。也许令世人感到惊讶的是,哥白尼并不是一位职业天文学家,他的成名巨著是在业余时间完成的。

在意大利期间,哥白尼就熟悉了希腊哲学家阿里斯塔克斯(前 3 世纪)的学说,确信地球和其他行星都围绕太阳运转这个日心说是正确的。大约在他 40 岁时开始在朋友中传阅他的一份简短的手稿,初步阐述了他自己有关日心说的看法。哥白尼经过长年的观察和计算终于完成了他的伟大著作《天体运行论》。

1533 年,60 岁的哥白尼在罗马做了一系列的讲演,提出了他的学说的要点,并未遭到教皇的反对。但是甚至在他的书完稿后,还是迟迟不敢发表,怕遭到教会的反对。直到在他临近古稀之年才终于决定将它出版。直到 1543 年 5 月 24 日他才收到出版商寄来的一部他写的书——这一天是他去逝的日子。

哥白尼

　　在书中他正确地论述了地球绕其轴心运转;月亮绕地球运转;地球和其他所有行星都绕太阳运转的事实。遗憾的是他犯了和前人一样的错误——严重低估了太阳系的规模。他认为星体运行的轨道是一系列的同心圆,这当然是错误的;他的学说里的数学运算很复杂也很不准确。但是他的书立即引起了极大的关注,促使一些其他天文学家对行星运动作更为准确的观察,其中最著名的是丹麦伟大的天文学家泰寿·勃莱荷，开普勒就是根据泰寿积累的观察资料，最终推导出了星体运行的正确规律。

哥白尼得到了日心学说的盛誉，尽管阿里斯塔克斯比哥白尼提出日心学说早了 1 700 多年。

阿里斯塔克斯只是凭借灵感做了一个猜想，并没有加以详细而科学的讨论，因而他的学说在科学上毫无用处。哥白尼逐个解决了猜想中的数学问题后，把它变成了有用的科学学说——一种可以用来做预测的学说。通过对天体观察结果的检验并与地球是宇宙中心的旧学说的比较，就会发现它的重大意义。

毫无疑问，哥白尼的学说是人类对宇宙认识的革命——它使人们的整个世界观都发生了重大变化。但是在评价哥白尼的影响时，我们还应该注意到，天文学的应用范围不如物理学、化学和生物学那样广泛。从理论上来讲，人们即使对哥白尼学说的知识和应用一无所知，也会造出汽车、电视机和许多现代之类的东西。但是，不应用牛顿、法拉第、麦克斯韦、拉瓦锡的学说则是不可想象的。

如果仅仅考虑哥白尼学说对技术的影响，就会完全忽略它的真正意义。

哥白尼的书对伽利略和开普勒的工作是一个不可缺少的序幕。他俩又成了牛顿的主要前辈。正是这两者的发现才使牛顿有能力确定运动定律和万有引力定律。

从历史的角度来看，《天体运行论》是当代天文学的起点——当然也是现代科学的起点。

知识链接

　　其实，当时哥白尼著作的《天体运行论》阐述日心说（1543年出版）是有其时代局限性的。在日心说中保留了所谓"完美的"圆形轨道等论点。其后开普勒建立行星运动三定律，牛顿发现万有引力定律，以及行星光行差、视差相继发现，日心说逐步建立在更加稳固的科学基础上。

诠释一生的名人故事

工业革命的动力人——
詹姆斯·瓦特

发明家詹姆斯·瓦特出生于苏格兰,被世人称为蒸汽机发明家,是工业革命史上的关键人物。

和许多发明一样,一项重大发明往往都是一个逐步改进的过程,蒸汽机的从发明到广泛应用由好几个人参与其中。实际上瓦特并不是第一个发明蒸汽机的人。公元 1 世纪,亚历山大·希罗曾设计过类似的机器。1698 年,汤姆斯·萨威利获得了用蒸汽机抽水的专利权。1712 年英国人汤姆斯·牛考门获得了稍加改进的蒸汽机的专利权。但是牛考门蒸汽机效率非常低,只能用于煤矿排水。

1764 年瓦特在修理一台牛考门蒸汽机时,对这种机器产生了兴趣。虽然瓦特只受过一年的机械制造训练,但却具有非凡的发明天才。他对牛考门机做出非常重要的改进。那就是为什么世人认为是他发明了第一台有实用价值的蒸汽机。

瓦特所做的第一项重大革新就是增加一个独立的凝汽室,于 1769 年获得专利权。他还使蒸汽缸与外界绝缘,又于 1782 年发明了双动发动机。连同一些较小的革新一起,这些发明使蒸汽机的效率至少提高了 4 倍。实际上效率的提高意味着一台低效的装置与一台有巨大工业价值的机械之间的天壤之别。

1781 年，瓦特还发明了一套齿轮，从而使蒸汽机的往复运动变换成为旋转运动。这套齿轮使蒸汽机的用途增多。瓦特又发明了自动调节蒸汽机运转速度的离心式调速器(1788 年)、压力计(1790 年)、计数器、示功器、节流阀以及许多其他仪器。

瓦特

虽然瓦特很具创新头脑，但他本人似乎不善经营，所幸的是他在 1775 年同一个非常能干的商人、工程师马娄·布尔顿合股成立了一个瓦特—布尔顿公司。该公司生产了大量的蒸汽机，这使得两人都从中获利颇丰。

从推动社会进步角度来看,蒸汽机的重要性是难以估价的。当然,在工业革命中也出现了许多其他发明,如在采矿、冶炼和许多工业机械等方面都有所发明。其中的几项发明如滑轮梭子和勒尼纺纱机都诞生在瓦特着手之前。其他发明中的大多数只代表了局部改进,没有哪一项能单独地对工业革命起到举足轻重的作用。然而蒸汽机则不同,它起着关键性的作用,没有它,工业革命的历史进程就难以想象。在它之前虽然风车和水轮有一定的用途,但是主要的动力一向是人的肌体,这个因素严重地阻碍了工业生产力的进步。随着蒸汽机的发明,这一障碍消除了。

现在有了可供生产使用的巨大能量,生产也就随之有了巨大的增长。1973 年禁运石油使我们认识到缺乏能量会多么严重地阻碍工业的发展,这个经历能让我们大体上认识到瓦特的发明对工业革命的重要价值与意义。

蒸汽机作为动力来源,它的作用得到了许多其他方面和形式的重要应用。1783 年马贵斯·朱费罗伊·达班斯成功地使用蒸汽机驱动船的航行;1804 年理查德,特利维西克制造出第一台蒸汽机车。不过这两种机型从经济角度来看都不是成功的。然而数十年之内,蒸汽机运用于轮船和铁路使水陆交通都发生了革命。

在历史上,工业革命与美国革命和法国革命几乎是同一时期出现的。虽然人们当时似乎对工业革命认识不清楚,但是今天我们可以看出它对人类日常生活的作用显然要比那两场伟大政治革命都重要得多。因此,詹姆斯·瓦特被世人视为历史上最有影响的人物之一。

知识链接

　　瓦特除了发明蒸汽机外还取得了其他一些成就。例如他引入了第一个功率单位：马力；他发明了压容图，用图示的形式表明蒸汽压力如何随汽缸的有效容积而变动，后由于克拉珀龙的工作得以在热力学、热机效率研究中广泛应用；他还发明了复写墨水及其他一些仪器。由于他在科学技术上的贡献，1785年被选为伦敦皇家学会会员；1806年被授予格拉斯哥大学法学博士头衔；1814年被选为法国科学院外籍院士。

诠释一生的名人故事

开国总统——乔治·华盛顿

1732 年,乔治·华盛顿出生于美国弗吉尼亚的威克弗尔德庄园。他是一位富有的种植园主之子,20 岁时继承了一笔可观的财产。1753 年到 1758 年期间华盛顿在军中服役,积极参加了法国人同印第安人之间的战争,从而获得了军事经验和威望;1758 年解甲回到弗吉尼亚,不久便与一位带有 4 个孩子的富孀——玛莎·丹德利居·卡斯蒂斯结了婚(他没有亲生子女)。1799 年 12 月在弗吉尼亚的温恩山,他在家中病逝。

48

在结婚后的 15 年中,华盛顿经营自己的家产,表现出了非凡的才能,1774 年他被选为弗吉尼亚的一位代表去参加第一届大陆会议时,就已经成为美国殖民地中最大的富翁之一了。华盛顿不是一位主张独立的先驱者,但是 1775 年 6 月的第二届大陆会议(他是一位代表)却一致推选他来统率大陆部队。他军事经验丰富,家产万贯,闻名遐迩;他外貌英俊,体魄健壮(身高 6 英尺 2 时),指挥才能卓越,尤其他那坚韧不拔的性格使他成为统帅的理所当然的人选。在整个战争期间,他忠诚效劳,分文不取,廉洁奉公,堪称楷模。

华盛顿于 1775 年 6 月开始统率大陆军队，到 1797 年 3 月第二届总统任期期满，他的最有意义的贡献就是在这期间取得的。

华盛顿

首先，他在美国独立战争中是一位成功的军事领袖。但事实上他决非是一位军事天才，当然也绝不能与亚历山大和凯撒一类的将军相提并论。他的成功至少有一半是由于同他对垒的英军将领令人难以相信的无能，另一半才是由于他自己的才能。但是应记住几位其他美国将领均遭惨败，而华盛顿虽说打了几个小败仗而最终却赢得了战争的胜利。

其次，华盛顿是立宪会议主席。虽然他的思想对美国宪法的形成没有起重要的作用，但是他的支持者和他的名望对各州批准这部宪法却起了重大的作用。当时有一股强大的力量在反对新宪法，要不是华盛顿的影响,很难说这部宪法能实行得了。

再其次,华盛顿是美国第一任总统。美国有一位华盛顿这样德才兼备的人作为第一任总统是幸运的。翻开南美和非洲各国的历史,我们可以看到即使是一个以民主宪法为伊始的新国家,堕落成为军事专制国家也是很容易发生的事。华盛顿是一位坚定的领袖,他保持了国家的统一,但是却无永远把持政权的野心,既不想做国王,又不想当独裁者。他开创了主动让权的先例———一个至今美国仍然奉行的先例。

与当时的其他美国领袖如托马斯·杰弗逊、詹姆斯·麦迪逊、亚历山大·汉密尔顿等相比,乔治·华盛顿缺乏创新的精神和深刻的思想。但是他比所有这些雄才大略的人物都重要得多,无论在战争还是和平期间,他在行政领导方面都起着至关重要的作用,没有他任何政治运动都不会达到目的。对美国的形成,麦迪逊的贡献是重大的,而华盛顿的贡献几乎可以说是不可缺少的。

乔治·华盛顿在历史中的位置在很大程度上取决于人们怎样认识他给美国所带来的历史意义。要求一个当今的美国人对那种历史意义做出不偏不倚的评价自然是困难的。

虽然美国在 20 世纪中叶具有甚至比鼎盛时期的罗马帝国还要大的军事力量和政治影响,但是其政权也许不会像罗马帝国那样行之久远。另一方面,美国所取得的技术成就有几项将来也会被其他民族视为有重大意义的,这一点看来是有目共睹的。例如飞机的发明和人类在月球上的登陆就代表了过去世世代代人们梦寐以求的成果;很难想象核武器的发明将来会被看成是无足轻重的成就。

知识链接

我们处理外国事务的最重要原则,就是在与它们发展商务关系时,尽量避免与它们发生政治联系。我们已订的条约,必须忠实履行,但以此为限,不再增加。——华盛顿告别政坛演讲词。

诠释一生的名人故事

电磁感应的发现者——
迈克尔·法拉第

　　1791 年,迈克尔·法拉第出生于英国新英顿。他出生贫寒,主要靠自学成才。14 岁时他跟一位装订图书兼卖书师傅当学徒,利用此机会博览群书。他在 20 岁时听英国著名科学家汉弗利·戴维先生讲课,对此产生了浓厚的兴趣。他给戴维写信,终于得到了为戴维当助手的工作。

　　法拉第在几年之内就做出了自己的重大发现。虽然他的数学基础不好,但是作为一名实验物理学家他是无与伦比的。

　　当今时代是电气的时代,不过事实上我们有时称为航天时代,有时称为原子时代,但是不管航天旅行和原子武器的意义多么深远,它们对我们的日常生活关系不是特别的明显。然而,我们却无时不在享用着电器带给我们的便利。事实上没有哪一项技术特征能像电的使用那样完全地渗入当代生活生产的各个方面。

　　许多人对电极其发展都做出过贡献,比如,查尔斯·奥古斯丁·库仑、亚历山得罗·伏特伯爵,汉斯·克里斯琴·奥斯特、安得烈·玛丽·安培等就在最重要的人物之列。但是,迈克尔·法拉第和詹姆士·克拉克·麦克斯韦两位伟大英国科学家比其他科学家都遥遥领先的。

　　1821年法拉第完成了第一项重大的电发明。在这两年之前,奥斯特已发现如果电路中有电流通过,它附近的普通罗盘的磁针就会发生偏转。法拉第从中得到启发,认为假如磁铁固定,线圈就可能会运动。根据这种设想,他成功地发明了一种简单的装置。在装置内,只要有电流通过闭合线路,线路就会绕着一块磁铁不停地转动——事实上这是世界上第一台电动机,是第一台使用电流将物体运动的装置——电力时代的到来。虽然装置简陋,但它却是今天世界上使用的所有电动机的祖先。

53

法拉第

　　这是一项重大的突破。只是它的实际用途还非常有限,因为当时除了用简陋的电池以外别无其它方法发电。

人们知道静止的磁铁不会使附近的线路内产生电流。1831 法拉第发现第一块磁铁穿过一个闭合线路时,线路内就会有电流产生,这个效应就是电磁感应。一般认为法拉第的电磁感应定律是他的一项最伟大的贡献。

以下两项电磁领域的重大发现足以使法拉地载入史册。第一,法拉第定律对于从理论上认识电磁更为重要;第二,正如法拉第用他发明的第一台发电机(法拉第盘)所演示的那样,电磁感应可以用来产生连续电流。虽然法拉第发明的发电机要比生产中给城镇和工厂供电的现代发电机简单得多,但是它们都是根据电磁感应这一基本原理制成的。

是法拉第把磁力线和电力线的重要概念引入物理学,通过强调不是磁铁本身而是它们之间的“场”,为当代物理学中的许多进展开拓了道路,其中包括麦克斯韦方程。法拉第还发现如果有偏振光通过磁场,其偏振作用就会发生变化。这一发现具有特殊意义,首次表明了光与磁之间存在某种关系。

1867 年,法拉第在伦敦附近去逝。法拉第不仅聪明而且俊美。他是一位颇受欢迎的科学讲演家,然而他谦虚谨慎,一生淡泊名利——他拒绝接受授予他的爵士身份,还拒绝接受让他担任英国皇家学会主席的请求。法拉第一生是幸福的一生,在事业上取得重大成绩的同时,生活同样幸福美满。他的婚姻生活幸福、和谐、持久,只是没有子女留世。

知识链接

　　法拉第不仅在物理领域建树颇丰，同时对化学也做出了贡献。他发明了使气体液化的方法，发现了多种化学物质，其中包括苯，更主要的是他在电化学方面（对电流所产生的化学效应的研究）所做出的贡献。经过多次精心试验，法拉第总结了两个电解定律，这两个定律均以他的名字命名，构成了电化学的基础。他将化学中的许多重要术语给予了通俗的名称，如阳极、阴极、电极、离子等。

55

诠释一生的名人故事

精神分析学的奠基人——
西格蒙德·弗洛伊德

诠释一生的名人故事

　　西格蒙德·弗洛伊德于 1856 年出生在弗赖贝格市,该市当时是奥地利帝国的一部分,现在位于捷克斯洛伐克。他在心理学方面的研究被世人称为精神分析学的创始人。他 4 岁时全家迁居到维也纳,他的一生几乎都是在那里度过的。弗洛伊德读书时就是一个出类拔萃的学生,1881 年他在维也纳大学获得医学学位。在随后的 10 年中,他在一个精神病诊所行医,个人开业治疗神经病,同时致力于生理学的研究。他在巴黎与杰出的精神病专家让·夏尔科共事。他还曾与维也纳内科专家约瑟夫·布鲁尔共过事。

　　弗洛伊德的心理学思想是逐渐发展起来的。直到 1895 年才出版了他的第一部论著《歇斯底里论文集》;他的第二部论著《释梦》于 1900 年问世,这是他最有创造性、最有意义的论著之一。虽然该书开始非常滞销,但是却大大地提高了他的声望,他的其它重要论著也相继问世。1908 年弗洛伊德在美国做了一系列演讲,当时他已是一位知名人士了。1902 年他在维也纳组织了一个心理学研究小组,艾尔弗雷德·阿德勒就是其中的最早成员之一,几年以后卡尔·容也加入了这个行列,两个人后来都成了名副其实的世界著名心理学家。

弗洛伊德结过婚,有 6 个孩子。他晚年患了颌癌,为了解除病根,他从 1932 年起先后做过 30 多次手术。尽管如此,他仍然工作不息,继续写出了一些重要论著。1938 年纳粹分子入侵奥地利,由于弗洛伊德是犹太人,因此他不顾 82 岁高龄逃往伦敦,翌年在那里不幸去世。

57

西格蒙德·弗洛伊德

弗洛伊德对心理学做出了很大贡献,正如心理学一样用简短的文字很难概括。他强调人的行为中的无意识思维过程极为重要。他证明了这样的过程如何影响梦的内容,如何造成常见的不幸,如忘记人名,口误,致伤的事故,甚至疾病。

弗洛伊德创造了用精神分析来治疗精神病的方法。他系统地论述了人的个性结构学说,还发展和普及了一些心理学学说,如有关焦虑、防御功能、阉割情绪、抑制和升华等。他的著作极大地引起了人们对心理学的兴趣,对他的许多观点在过去和现在都存在着很大的争论,而且自从他提出之日起就引起了热烈的争论。

诠释一生的名人故事

弗洛伊德最为世人所知也许是由于他提出了受抑制的性爱会经常引起精神病或神经病这一学说（实际上这个学说并不是由弗洛伊德创立的，虽然他的著作为普及这个学说做出了许多贡献）。他还指出，性爱和性欲始于早期儿童时期而不是成年时期。

由于对弗洛伊德的许多学说仍有很大争议，因此很难评估出他在历史上的地位。他有创立新学说的杰出才赋，是一位先驱者和带路人。但是弗洛伊德的学说与达尔文和巴斯德的不同，从未赢得过科学界的普遍承认，所以很难说出他的学说中有百分之几最终会被认为是正确的。

尽管对弗洛伊德的学说一直存在着争论，他仍不愧为是人类思想史上的一位极其伟大的人物。他的心理学观点使我们对人类思想的观念发生了彻底的革命，他提出的概念和术语已被普遍使用——例如，本我①，自我②，超我③，恋母情绪④和死亡冲动⑤。

精神分析法实际上是一种代价极高的治疗方法，因此往往无效。

① 本我：为本能冲动的根源，指原始的、非人格化的而完全无意识的精神层面而言。

② 自我：为人格的核心，受现实原则支配，一方面管制本我的原始冲动，另一方面帮助本我使其需要得到满足。

③ 超我：为精神主要成分，大半无意识，少半有意识，产生于自我，对父母、老师或其他权威的劝告、威胁、警告或惩罚表现出顺从或抑制，从而反映出父母的良心和社会准则，有助于性格形成和保护自我来克服过胜的本我冲动。

④ 恋母情绪：儿子倾慕异性母亲而敌视同性父亲的无意倾向，是弗洛伊德的幼儿性欲论的一个阶段。

⑤ 死亡冲动：希望自己或他人死亡之愿望。

但是也有许多成功的事例应当归于这种方法,这是无容置疑的。未来的心理学家很可能最终会断定受抑制的性爱所起的作用比许多弗洛伊德派学者所认为的要小,但是这种作用肯定比弗洛伊德以前的大多数心理学家所认为的要大。同样,大多数心理学家现在已经确信无意识思维过程对人的行为起着一种决定性的作用——一种在弗洛伊德之前被大大低估了的作用。

弗洛伊德当然不是心理学的鼻祖。从长远的观点来看,人们也许会认为他作为心理学家所提出的学说并非十分正确,但是他显然是在现代心理学发展中最有影响、最重要的人物。

59

知识链接

　　弗洛伊德博学多才,有着很高的文化素养,他精通古典文学,对本国和别国的文学名著也涉猎甚广。还对希腊神话极为熟悉,不但经常随口应用,在他的著作中也是如此。他有非凡的文学才能,因而被公认为德语的散文大师。弗洛伊德个性中有一个相当突出的特点,就是极富幽默感,而且始终十分犀利,有时还不缺乏讽刺挖苦之意。

诠释一生的名人故事

征服者——亚历山大大帝

公元前 356 年，亚历山大大帝出生于马其顿首都佩拉市。他是世界古代史最著名的征服者。亚历山大的父亲马其顿国王腓力二世是位远见卓识、才华非凡的人。腓力二世扩充、整编了马其顿军队，使其成为一支当时最有战斗力的队伍。他最先挥师北上，征服了希腊以北一带地区；随即又挥师南下，征服了希腊大部分地区；随之建立了希腊城邦联合政府，他自己任政府首脑。他打算对希腊以东的大波斯帝国发动战争，其实，36 岁的腓力二世遭暗杀时入侵活动时就已经开始了。

腓力二世被害时亚历山大年仅 20 岁，在一片混乱中仍然继承了王位。腓力二世为让儿子继位曾做过精心安排，这使得小亚历山大继位时已具有了丰富的军事经验。同时，父亲从未忽视对他的文化教育，家庭教师就是名声显赫的哲学家，也是古代世界最大的哲学家和科学家——亚里士多德。

在希腊及以北领地，被腓力二世征服的民族皆认为他葬身之时便是马其顿摆脱奴役的大好时机，但是亚力山大继位两年后就使这两个地区都平静下来，接着就把注意力转向波斯。

亚历山大雕像

诠释一生的名人故事

　　两百年来,波斯人统治着广阔的领土,从地中海一直蔓延到印度。虽然波斯施行强权的鼎盛时期已成为过去,但仍是一可怕的敌对势力,仍是地球上领域最广、财富最多、势力最大的帝国。

　　亚历山大在公元前334年发动了对波斯帝国的侵略战争。他将一部分军队留守在国内,以维持对欧洲的占领,所以当他肆无忌惮出征时,所率部队只有35 000人——与波斯部队相比则是敌众他寡。尽管存在许多不利,亚历山大仍对波斯军队施以一系列毁灭性的打击,取得了胜利。他的成功既有有利的外部条件也有其个人的杰出才能和努力。

　　第一,其父腓力二世留给他的军队战斗力远在波斯军队之上。第二,亚历山大是一位杰出天才将领,也是举世无双的最伟大的将领。第三,亚历山大本人具有英勇无畏的精神。虽然每场战斗初期亚历山大是在后方坐阵指挥,但他的方针是如果部队发动决定性进攻,他则身先士卒。这种冒险的风格使他屡次受伤,但士兵们看到他与他们生死与共,并不要求他们去冒那些他自己不愿冒的危险,这对鼓舞他们的士气影响巨大。

亚历山大首先率领部队攻克了小亚细亚,消灭了驻守在那里为数不多的波斯部队;随后向叙利亚北部挺进,在伊苏城击败了一支庞大的波斯部队。接着亚历山大又向南进军,经过 7 个月的艰难围攻,攻克了腓尼基鸟市泰尔(现在的黎巴嫩)。在围攻泰尔期间,亚历山大收到波斯国王的一封书笺,提出为了达成和平协议,他愿把半个波斯帝国割让给亚历山大。亚历山大手下一位将军认为这个建议很好,他说:"如果我是亚历山大,我就采纳这个建议"。亚历山大回答:"如果我是帕门牛,我也会采纳这个建议。"

攻克泰尔之后,亚历山大继续南进。经过 2 个月的围攻,埃及一箭未发就主动投降了。接着亚历山大在埃及停留一段时间,让军队稍有喘息之机。在那里年仅 24 岁的亚历山大被誉为法老,称之为神。随后他率军返回亚洲,公元前 331 年在具有决定性意义的阿拉伯战役中,彻底歼灭了一支极为庞大的波斯军队。

取得这场胜利之后,亚历山大率军进入巴比伦和两座波斯都城,波斯波利斯和苏萨。为了防止波斯国王大流士三世向亚历山大投降,大流士手下的军官把他们的国王暗杀了。时年为公元前 330 年。但是亚历山大同样击败了大流士的继承人,并将其斩首,经过 3 年奋战,攻克了整个伊朗东部地区,并继续向中亚推进。

这时亚历山大已经征服了整个波斯帝国,本可以返回家园,重新筹划他的新领土。但是他征服的欲望并没有得到满足，而是继续挥军进入阿富汗，又从阿富汗穿过兴都库什山脉进入印度。他在印度西部取得一系列胜利后企图继续向印度东部进军，但是他的军队由于长年战争，已经精疲力竭，不肯东进，亚历山大不得不返回波斯。

返回波斯的第二年，亚历山大用了近一年的时间对他的帝国和军队进行改编，这是一次重大的改编。

亚历山大从小就认为希腊民族代表了唯一真正的开化民族，而所有非希腊民族都是野蛮民族。这当然是在整个希腊世界流行的观点，甚至亚里士多德也有这种看法。尽管亚历山大已经彻底打败了波斯军队，但是他逐渐认识到波斯人根本就不是野蛮人，他们与希腊人一样具有智慧和才能，一样值得尊敬。因此他产生了融其帝国的两部分于一体的设想，由此创造了合二为一的希腊波斯民族共和王国，当然是他自己当最高统治者。

据我们所知，他确实想让波斯人与希腊人和马其顿人结成同等的伙伴。为了实现这一计划，他把大量的波斯部队编入自己的部队，还为此举行了一次盛大的"东西方联合"宴会。在宴会上，几千名马其顿士兵同亚洲妇女正式结成夫妻。他自己虽然从前与一位亚洲公主结过婚，这次也娶个达赖利斯的女儿为妻。

显然亚历山大企图利用这支改编的军队再开展征服活动——打算入侵阿拉伯，也许还有波斯帝国以北地区，也许打算再次入侵印度或征服罗马，迦太基和西地中海地区。不管他的算盘如何，结果进一步的征服活动都未能进行。公元前323年6月初，亚历山大在巴比伦突然因发热而病倒，10天后就死去了。死时还不满33岁。

亚历山大生前没有指定接班人，死后不久就出现了一场夺权斗争。在这场斗争中，亚历山大的母亲、妻子和孩子都横遭杀身之祸。他的帝国终于被他的将领们肢解了。

因为亚历山大死时年轻，又保持不败纪录，人们做了许多猜测，假如他活着会发生什么事，假如他挥军入侵西地中海诸国，他很可能获得成功，那么西欧的全部历史就会迥然不同。这样的猜测尽管有趣，但对评价亚历山大的实际影响没有多大关系。

亚历山大是历史上最富有戏剧性的人物，他的经历和个性一直是力量的源泉。有关他生涯的确凿事实十分富有戏剧性，有关他的名字就有许多种传说。他的志向显然是做一名不受时空间限制的最伟大的勇士，似乎也应该给予他这种称号。作为战士，他智勇双全；作为将军，他无与伦比。在 11 年的奋战中，他从未打过一次败仗。

而且，他还是亚里士多德的弟子，是一位智慧非凡的人。他珍爱荷马诗歌。他认识到了非希腊人不一定是野蛮人，这确实表现了他远比当时的大多数希腊思想家更具有远见卓识。但是，在其它方面，他却目光短浅，令人瞠目。虽然他多次在战斗中冒过生命危险，但是却没有安排接班人，这是他死后波斯帝国迅速瓦解的主要原因。

一般认为，亚历山大是位颇受人喜爱的人物。他对被击败的敌人经常给予无微不至的关怀、爱护和慰藉，但另一方面，却生性凶暴残忍，极端自私自利。有一次因酒后争端，他亲手杀死了他的亲密朋友、救命恩人克雷特斯。

同拿破仑、希特勒一样，亚历山大对他的同代人有着极其广泛的影响。他在短时期的影响不如他们大，完全是因为当时的交通和通信手段落后,使他的影响限制在地球的一个较小的范围内。

从社会进步和世界文化交融的角度来看,亚历山大征服所带来的最重要的影响是使希腊和中东开化民族开始相互密切往来,因此极大地丰富了这两个民族的文化。在亚历山大在世期间及其死后不久,希腊文化迅速传入伊朗、叙利亚、美索不达米亚、竹地尔和埃及;而亚历山大以前的希腊文化仅以缓慢的速度传入这些地区。亚历山大还把希腊的影响播及以前从未到达的印度和中亚地区。但是文化交流影响是个双向的过程。在希腊文化时代(亚历山大征服后的几百年间),东方思想,特别是宗教思想就传入了希腊世界。就是这种希腊文化——主要指具有希腊特征但也深受东方影响的文化,最终对罗马产生了影响。

亚历山大在其征战生涯期间,建立了 20 多个城市。其中最著名的是埃及亚历山大市,它很快便成为世界主要的城市之一,一个著名学术和文化中心。还有几个城市如阿富汗的赫拉特和坎大哈也发展成为重要的城市。

65

诠释一生的名人故事

知识链接

亚历山大被载入史册,他一生的辉煌在很大程度上得益于年轻时受亚里士多德教育,这位百科全书式的博学之士不但自己传授其丰富的知识,还给他推荐了很多有识之士随同征战,其中贡献最大的学者有四人:卡利斯提尼(Callisthene)、亚里斯托布鲁(Aristobule)和奥内西克里特(Onescrite），在这三位历史学家的著作中，地理学占有不可忽略的地位；尼阿库斯（Nearque 或 Nearcnos），亚历山大的年轻副官，航海家，他对阿曼海和波斯湾沿海岸的地理考察，具有重要的科学价值。此外随行征战的还有很多测绘人员，工程师，各种工匠等。这是一场野蛮的征战，也是一场文明的传递。

"南美的乔治·华盛顿"
——西蒙·玻利瓦尔

1783年,玻利瓦尔出生于委内瑞拉加斯市的一个西班牙血统的贵族家庭,9岁时成了孤儿。在他成长期间受到法国启蒙运动的思想和理想影响颇深。他读过约翰·洛克、卢梭、伏尔泰和孟德斯鸠等哲学家的著作。

由于西蒙·玻利瓦尔在使南美5个国家(哥伦比亚、委内瑞拉、厄瓜多尔、秘鲁和玻利维亚)从西班牙的统治下获得解放所起的作用,人们常称他为"南美的乔治·华盛顿"。在整个这一大洲的历史上没有几个政治人物像他那样起着主导作用。

青年时玻利瓦尔访问过几个欧洲国家。1805年在罗马阿旺丁山顶上他立下了著名的誓言:只要祖国一天不从西班牙统治下获得解放,他就要奋斗一天。

1808年拿破仑·波拿巴入侵西班牙,任命他的胞弟为西班牙政府首脑。拿破仑通过解除西班牙皇家的政治实权,给南美殖民地获得自己的政治独立奋起斗争提供了良好的时机。

1810年委内瑞拉的西班牙总督被解职,从此开始了反对西班牙统治委内瑞拉的革命。1811年做出了正式的独立宣言,同年玻利瓦尔成为革命军的一员将领。但是西班牙军队翌年又控制了委内瑞拉。革命领袖弗朗西斯科·米兰达被投入狱中,玻利瓦尔逃往国外。

67

诠释一生的名人故事

诠释一生的名人故事

波利瓦尔

　随后的岁月中爆发了一系列的战争,继短暂的胜利而来的是惨痛的失败。但是玻利瓦尔从未动摇过自己的决心。1819年出现了转折点,玻利瓦尔率领他的由平民组成的小部军队,跨河流、越平原,穿过安第斯山上陡峭的狭路,对哥伦比亚的西班牙军队发起了进攻。在那里他赢得了具有决定意义的波亚卡战役(1819年8月7日),使战争出现了真正的转折点。委内瑞拉于1821年获得解放,厄瓜多尔于1822年获得解放。

　与此同时阿根廷爱国主义者何塞·圣马丁使阿根廷和智利在西班牙的统治下获得了自由,秘鲁获得了解放。两位救星于1822年夏在厄瓜多尔的瓜亚基尔相会。由于圣马丁不愿与野心勃勃的玻利瓦尔进行权力斗争(这样只能对西班牙人有利),于是决定辞去他的军事统帅职务,他的军队全部从南美撤出。到1824年玻利瓦尔的部队已经解放了今日的秘鲁，1825 年彻底歼灭了驻守在上秘鲁（今日的玻利维亚）的西班牙军队。

玻利瓦尔余年的生涯不免有些逊色。美国的榜样作用对他影响很大——他渴望建立一个新南美洲民族联邦政府。事实上委内瑞拉、哥伦比亚和厄瓜多尔已经形成了一个大哥伦比亚共和国，玻利瓦尔任共和国总统。可惜在南美的离心趋势要比在北美的离心趋势大得多。

1826 年玻利瓦尔召开泛美会议时，只有 4 个国家参加了会议。确实再没有更多的国家加入大哥伦比亚共和国，而这个共和国本身也很快就开始土崩瓦解。于是内战爆发了。1828 年出现了一起暗杀玻利瓦尔的阴谋。1830 年委内瑞拉和厄瓜多尔脱离了共和国。玻利瓦尔认识到自己是和平的障碍后，于 1830 年 4 月宣布辞职。他被迫离开了故土委内瑞拉，过着流放的生活，穷困潦倒，于 1830 年 12 月去世。

玻利瓦尔显然是一个雄心勃勃的人。在危难关头，他有时利用职权，独断专行。但是面临一种抉择时，他愿意将个人的雄心大志置于民众的福利和民主的理想之下，不断放弃自己手中的各种独裁权力。曾一度有人要封他王位，但被他拒绝了。无疑他感到自己已被授予"救星"这个称号比起任何王冠都是一种更大的荣誉。

毫无疑问玻利瓦尔是使南美洲从殖民主义的统治下得到解放的主要人物。他为这一运动提出了指导思想——撰写文章，发表演讲，创办报纸，着笔书信。他为斗争筹集资金进行了不知疲倦的努力。他是革命军的主要领导人。

玻利瓦尔击败的军队数目不多，在战略和战术上都没有特别的才能。当然，因为他从未受过军事训练。从这个角度来说，玻璃瓦尔并不能看作一个伟大的将领。更多的是玻利瓦尔在逆境中不屈不挠的精神弥补了他所有的其他不足。每次被西班牙击败后,有些人想放弃斗争。他却坚决重整旗鼓,继续斗争。

但是,玻利瓦尔甚至远比儒略·凯撒和查理曼这样的著名人物有影响,这不仅因为他的生涯所带来的变化更具有持久性,而且因为他所影响的地区更为广大。当然,玻利瓦尔的声名比亚历山大大帝、阿道夫·希特勒和拿破仑低不少,因为若没有这三个人。他们所做的事中有许多是不会发生的,但是却难以相信南美国家无论如何也不会最终获得独立。

也许,有趣的是把玻利瓦尔和乔治·华盛顿相比较。玻利瓦尔像华盛顿一样指挥着人数不多、资金不足、战斗力不强的军队,往往需要一位能鼓舞士气的领袖才能把军队聚集起来。

和华盛顿不同的是玻利瓦尔在有生之年把他所有的奴隶都解放了。此外他通过发表宣言和制订宪法条款,为在他所解放的国家里消灭奴隶制进行了积极的斗争,尽管他的努力并没有成功,他死时奴隶制在该地区仍然存在。

知识链接

玻利瓦尔的个性复杂而有趣:鲜明、勇敢、浪漫。他英俊潇洒,一表人才,不乏风流韵事;他是一个目光远大的理想主义者;他的雄心壮志远比华盛顿大得多,但这对他所解放的地区却是不利因素。玻利瓦尔对物质利益毫不在意,他进入政界是富翁,隐退时成了穷汉。

未戴王冠的英国国王
——奥利弗·克伦威尔

1599 年,克伦威尔出生在英国亨廷顿。奥利弗·克伦威尔领导国议军在英国内战中大获全胜,他是才干杰出、叱咤风云的军事将领,是使国会民主政体成为英国政体的关键性的人物。

在他的青年时期,英国被各教派之间的纠纷弄得动荡不安,当时的国王信仰并且想推行君主专制制度。克伦威尔自己是一个农场主和乡绅,一个虔诚的清教徒,1628 年他被选进议会,但是为期不长,因为翌年国王查理一世就决定解散议会——独自一人统治国家,直到 1640 年在对苏格兰人作战需要资金的情况下,才召集了一个新议会。克伦威尔再次当选为议员。新议会强烈要求国王不再实行专制统治。但是查理一世不甘屈从议会,忠实于国王和忠实于议会的军队之间终于在 1642 年爆发了一场战争。

克伦威尔站在议会一边。他返回亨廷顿,组织一支骑兵队同国王作战。在历时 4 年的战争中,他那杰出的军事才能使之声望日隆。在使战争出现转机的关键性的马斯顿战役中,克伦威尔都起了举足轻重的作用。1646 年战争结束,查理一世成了阶下之囚,而克伦威尔则被认为是议会方面最成功的将军。

奥利弗·克伦威尔

72

但是和平并没有随之到来,因为议会内部发生分裂,各派别间存在着根本的分歧,还因为国王对此了如指掌而未有求和之意。没过一年,国王潜逃,企图东山再起,重新纠集他的军队,就这样第二次内战爆发了。和第一次战斗一样,克伦威尔再次击败了国王的军队,并解除了议会中占多数的温和派议员。1649 年 1 月 30 日,国王终于被推上了断头台。

英国这时变成了一个共和国(叫做共和政体),临时由一个国务委员会来领导,克伦威尔任国务委员会主任。但是保皇党分子不久就控制了苏格兰和爱尔兰,支持已被处死的国王的儿子——未来的查理二世。但结果是克伦威尔的军队仍然成功地占领了爱尔兰和苏格兰。

1652年以保皇党军队被彻底击败,长期连绵不断的战争最终结束。

由于战争已经结束,建立了一个新政府的时机应该到来了,但是还存在着实行立宪政体的问题,遗憾的是这个问题在克伦威尔的有生之年从未得到解决。这位清教徒将军能够领导反对君主专制制度的军队赢得胜利,但是他的威望却不足以解决他的支持者中间存在着的社会冲突,不足以使他们对一部新宪法取得一致意见。这些社会冲突和宗教冲突错综复杂地交织在一起,宗教冲突使新教徒内部四分五裂并且同罗马天主教划清了界限。

当克伦威尔开始执政时,1640年组成的议会只是一个残余议会——所保留的成员都属于一个数目不多、无代表性、过于激进的少数派。起初克伦威尔想要通过谈判来进行新的选举,但是当谈判破裂时,他就用武力解散了残余议会(1653年4月20日)。从那时起直到1658年克伦威尔去世为止,曾先后成立和解散了3个不同的议会;采用了两部不同的宪法,但都未能发挥作用。在此整个期间,克伦威尔靠军队的支持来维系统治,实际上他是一个军事独裁者。但是他多次试图建立民主政体和坚持拒绝别人给他加冕,其目的是表明他不想实行独裁统治,他也是迫不得已而为之,因为他的支持者们创建不出一种切实可行的政体。

从1653年到1658年,克伦威尔使用护国主的头衔统治着英格兰、苏格兰和爱尔兰。在这5年期间,他在不列颠建成了大体完好的政体和井然有序的行政机构。他改善了粗暴的法律,扶持文化教育。他提倡宗教信仰自由,允许犹太人再来英格兰定居,在那里实行他们自己的宗教(他们在三个多世纪以前被国王爱德华一世驱逐出境)。

73

诠释一生的名人故事

克伦威尔推行的外交政策也是成功的。他于 1658 年因患疟疾在伦敦去世。

克伦威尔的长子理查德·克伦威尔继承了父位,但是他统治的时间极为短暂。1660 年查理二世恢复王位。奥利弗·克伦威尔的遗体被掘出来吊在绞刑架上。这种报复的行径并不能掩盖实行君主专制主义的斗争已经失败的事实。查理二世充分认识到了这一点,并不想同议会至高无上的权力相抗衡。当他的继承人詹姆斯二世企图恢复君主专制主义时,顷刻间就被 1688 年的不流血革命给废除了王位。革命的结果与克伦威尔 1640 年的期望恰好相同——一种君主立宪制,国王明确地服从议会,实行宗教信仰自由。

自从奥利弗·克伦威尔去世以来,他的品格成为了人们争论不休的对象。许多评论家指责他是伪君子,指出他虽然总是在口头上赞成议会有至高无上的权力和反对独断专行的统治,但是在事实上却建立了一种军事独裁统治。然而,大多数人却认为,虽然克伦威尔在局面失控的情况下不得不实行独裁统治,尽管如此,他对民主政体的献身精神是十分真诚的。据人们评述说他从不偏激,从未曾接受王位和建立永久性的独裁统治。他的统治通常是温厚宽容的。

世人应该怎样评估克伦威尔对历史的总的影响呢?当然他的重要作用就在于他是一位杰出的军事将领,在英国内战中打败了保皇党军队。此外,在克伦威尔初露锋芒之前的战争的初期,议会军在一定程度上遭到了失败,看来要是没有他,这支军队完全有可能被国王君对击败。克伦威尔胜利的结果使民主政体在英国得到了持续和巩固。

但是,后人不能把这看作是无论如何都会发生的事件。在 17 世纪,欧洲大部地区都正在朝着更强大的君主专制主义的方向发展;民主政体在英国的胜利是逆总的历史趋势而出现的事件,在随后的年月里,英国民主政体的榜样对法国启蒙运动、法国革命和最终在西欧建立民主政体都是一个重要因素。还有显而易见的是,民主势力在英国的胜利对于在美国以及英国先前的殖民地如加拿大和澳大利亚建立民主政体都起到至关重要的作用。虽然英国在世界上只是个弹丸之地,但是民主政体却从英国涌向世界的其他某些范围不小的地区。

知识链接

在民主制的建设中,哲学家约翰·洛克对于英国和美国建立民主制度也做出了几乎同等贡献。克伦威尔基本上是一个实干家,洛克则是一个思想家,因而很难估计他俩的相对重要性。但是根据洛克时代的才智状况来看,即使没有他的存在,与之非常近似的政治思想也许会有人不久就会提出来。但是假如没有克伦威尔,议会很可能在英国内战中失败。

诠释一生的名人故事

雕塑大师——米开朗基罗

1475 年,米开朗基罗生于意大利卡普里斯镇,离佛罗伦萨大约 40 英里。他早年就显露出天赋,13 岁时在佛罗伦萨师从著名画家基兰达约。米开朗基罗 15 岁被带到麦第奇宫殿中生活,几乎是被佛罗伦萨君主伟大的罗廉佐视作麦第奇家族的成员,罗廉佐成了他的保护人。米开朗基罗在整个生活期间都显露出了卓越的才华,常受教皇和非宗教君主委托设计制作艺术作品。他虽然在许多地方生活过,但是他一生的大部时光是在罗马和佛罗伦萨度过的。1564 年他在临近 89 岁寿辰之际去世。他从未结婚。

文艺复兴时期伟大的艺术家米开朗基罗·布欧纳罗蒂是直观艺术史上的杰出人物。米开朗基罗是一位才华横溢的画家、雕刻家和建筑师,给人类留下了风格各异的传世之作,4 个多世纪来给观赏者留下了不可磨灭的印象。他的作品对欧洲绘画和雕塑艺术随后的发展有着深刻的影响。

虽然米开朗基罗并不像他的同时代的老前辈列奥纳多·达·芬奇那样是一个全面的天才,但是他的多才多艺,也给人们留下了其极深刻的印象。实际上他是在人类奋斗的两个独立领域里的成就都曾达到顶峰的唯一的一位艺术家，也许是唯一的人物。作为一位画家，米开朗基罗无论从他传世作品的质量，还是对历代画家的影响来看，同行都是难以望其项背的。他因装饰罗马西斯廷教堂天花板那套巨型壁画被真正地誉为是历代最伟大的艺术成就之一。但是米开朗基罗认为他自己主要是位雕刻家，许多评论家都认为他是曾出现过的最伟大的雕刻家。例如他创作的大卫雕像、摩西雕像和著名的圣母抱基督尸体哀戚之雕像皆堪称为登峰造极的艺术品。

米开朗基罗

77

米开朗基罗也是一位独具匠心的建筑师。他在这方面取得的辉煌成就之一就是设计了佛罗伦萨麦第奇教堂。他还为罗马的圣·彼得担任多年的总工程师。

米开朗基罗在一生中创作了许多首诗歌，至今尚存下来的大约有300首。他的众多首十四行诗和其他韵体诗直到他去世后很久才发表。这些诗可以使我们深入地了解他的个性，也清楚地表明了他是一

诠释一生的名人故事

个天才的诗人。

诠释一生的名人故事

知识链接

　　米开朗基罗是与达·芬奇齐名的艺术大师，但两人的创作内容与艺术风格却有着极大的不同。达·芬奇的绘画作品大多刻画了女性，突出体现了女性的秀美温柔而米开朗基罗的绘画、雕刻作品大多刻画了男性，突出体现了男性的强壮威武、坚毅不屈给人以强烈的动感，令人观后深感震撼。有人认为这是一种补偿心理的表现——米开朗基罗长得很消瘦。这种渴求强壮有力的心理需求通过艺术作品的形式表现出来了。

日内瓦教皇——约翰·加尔文

1509 年,约翰·加尔文出生于法国努瓦营镇。他受过良好的教育,在巴黎蒙泰居学院毕业后到奥良尔大学攻读法律,也在布尔日大学攻读过法律。

约翰·加尔文后来成为著名的新教①神学家和道德学家,是欧洲历史上的主要人物之一。400 多年来,他的有关神学、政治、个人道德和工作习惯等许多不同学科的观点影响着数以亿计人的生活。

正当加尔文年仅 8 岁的时候,马丁·路德把自己的"95 条论纲"张贴在维腾贝格大学教堂大门上并由此发动了宗教改革运动。加尔文从小就成为天主教徒,但是在青年时期改信新教。为了免受迫害,他不久便离开了他一直生活的巴黎。他经过一个时期的旅游生活后,就定居在瑞士巴塞尔市。从此他隐姓埋名,努力钻研神学。1530 年

诠释一生的名人故事

① 新教:亦称"更正教"、"抗罗宗"、"耶稣教"。基督教的一派,与天主教、正教并称为基督教三大派别。因对罗马公教(即天主教)抱抗议态度,不承认罗马主教的教皇地位,故在西方一般称"抗罗宗"或"抗议宗"。在我国有时还以"基督教"一词单指新教。该教在鸦片战争前后陆续传入我国,曾被殖民主义、帝国主义用作侵华的工具。

他 27 岁时发表了他的最有名的著作《基督教原理》。该书概括了新教的基本信仰,并对此做了全面系统的介绍,使他一鸣惊人。

加尔文

1536 年末期,他访问了瑞士日内瓦,当时那里的新教势力正在迅速增长。他在那里住了下来,被聘为新教团体的领袖和导师。但是宗教狂加尔文和日内瓦人不久便发生了冲突,1538 年他被迫离开日内瓦。但是 1541 年他应邀重新归来,这次他不仅是该市的宗教领袖,也是具有实力的政治领袖,直到 1564 年死去为止。

在口头上加尔文从来都不是日内瓦的独裁者:大多数市民都有选举权;许多合法的政治权力都在一个 25 人委员会的掌握之中,而加尔文又不是委员会委员;若得不到委员会中大多数委员的拥护,他随时都可能被驱逐(事实上他在 1538 年就是被驱逐出去的)。然而在实际上他却统治着这个城市，1555 年以后他成了一个无名有实的独裁君主。

在加尔文的领导下，日内瓦成为欧洲新教的领导核心。他在其它国家特别是在法国为发展新教进行了不懈的努力，一时日内瓦被称为"新教罗马"。他返回日内瓦首先做的事情之一就是为那里的新教教会起草了一套教会规章，规章为欧洲许多其它新教建立了一个模式。在日内瓦期间，加尔文记叙了许多有影响宗教的发展历程，继续修改《基督教原理》，同时还做了许多次关于神学和《圣经》的演讲。

加尔文统治的日内瓦相当阴森古板。不仅已婚之间的私通和未婚之间的私通被认为是严重的犯罪行为，而且赌博、酗酒、跳舞和唱黄歌也皆属于被禁之列，违犯者要受到严厉的制裁。法律规定都要按指定的时间上教堂，冗长的讲道司空见惯。

加尔文大力提倡勤奋工作。他还支持教育，日内瓦大学就是在他当政期间建立起来的。

加尔文这个人气小量狭，凡是他视为异端分子的人就会很快被处以死刑。他的受害者当中最有名的是西班牙医生和神学家米歇尔·塞维塔斯（这样的受害者大有人在）。塞维塔斯不信三位一体说①，到日内瓦就被逮捕审讯，以致终被火刑处死（1553 年）。此外在加尔文当政期间，还有几个人因有耍巫术的嫌疑而被处以火刑。

1564 年加尔文在日内瓦死去。他结过婚，他的妻子在 1549 年夭折，他们的独生子一生下来就命归九泉。

---

① 三位一体说：父、子、圣灵三个位格为一体的基督教教义。

诠释一生的名人故事

加尔文的主要意义并不在于他置身参加的政治活动,而在于他所传播的思想体系。他强调《圣经》的权威和重要性;同路德一样,他否认罗马天主教的权威和重要性;同路德、圣·奥古斯丁和圣·保罗一样,他认为人人都是罪犯,解救只能从信仰中来,而不能从良好的业绩中来。加尔文有关宿命论和定罪论的思想特别鲜明突出。他认为上帝在不考虑功绩的情况下就已经决定了谁该得到解救和谁该受到惩罚。加尔文对一个人为什么要在乎道德行为的回答是:"选民"(即上帝挑选的要接受基督求解救的人们)也是被上帝选中的,其目的是为了让他们表现正直。我们得到解救并不是因为我们行善,但是我们行善因为我们是为了解救而被选中的。虽然这种说教在有些人看来不可思议,但是却鼓舞过许多加尔文教徒过着格外正直虔诚的生活。

加尔文对世界影响很大。他的神学学说最终赢得的信徒甚至比路德的信徒还多。虽然路德教派在法国和斯堪的纳维亚居统治地位,但是加尔文教派却在瑞士和荷兰占了上风。在波兰、匈牙利和法国都有举足轻重的少数加尔文教派,苏格兰的长老会教友是加尔文派教徒,如同法国的新教徒和英国的清教徒是加尔文派教徒一样。清教徒在美洲的影响当然是即深刻又持久。

加尔文统治的日内瓦可能与其说是民主政治倒不如说是神权政治。但是加尔文主义的最终作用是增强了民主政治。加尔文教徒在如此众多的国家内均属少数派,也许就是这一事实使得他们易于对已建立起来的政权加以限制,或者加尔文教会内部组织比较民主是一个因素。然而不管原因如何,最初的加尔文教派堡垒(瑞士、荷兰和大不列颠)也变成了民主政治的堡垒。

有人认为加尔文学说对所谓的"新教劳动原则"的创立和资本主义的崛起是一个主要因素。不过很难估计出这种论断在多大程度上是正确的。例如,在加尔文出生很久以前,荷兰人民就享有勤劳的美誉。但是认为加尔文坚决主张的勤奋工作态度对其教徒没有影响也是没有道理的。也许值得注意的是加尔文允许收利收息,这是一种为大多数早期基督教道德学家所谴责的行为,但是对资本主义的发展却有重要的作用。

加尔文的影响主要限于西欧和北美,而且他的影响在过去两个世纪中显然是在急剧地下降。无论从哪方面来看,加尔文主义问世的许多功绩应归于耶稣、圣·保罗和路德这样的早期人物。

虽然宗教改革是一个具有巨大历史意义的事件,但是马丁·路德金显然对这场大动荡负有主要责任。加尔文本人只是在路德之后崛起的几位有影响的新教领袖之一。

知识链接

1536年,加尔文在巴塞尔出版他的名著《基督教原理》,系统阐述新教教义,否认罗马教皇的权威。这部书是他毕生研究新教和在日内瓦从事宗教政治活动的总结,是宗教改革时期一部影响最大的新教百科全书。

83

诠释一生的名人故事

基因遗传的发现者
——格雷戈尔·孟德尔

1822 年,孟德尔出生于海因珍多弗镇,该镇当时在奥地利境内,现为捷克斯洛伐克的一部分。1843 年他进入奥地利布鲁恩(现捷克斯洛伐克布尔诺)一家奥古斯都修道院。1847 年他被任命为牧师。1843 年他参加一次获得教师证书的考试,但未能如愿,他的生物和地质的分数最低! 但是他所在修道院的院长却送他上了维也纳大学。他从 1851 年到 1853 年那里学习数学和自然科学。尽管孟德尔从未获得过一个正式的教师证书,但是从 1854 年到 1868 年他在布鲁恩现代学校担任自然科学代课教师。

孟德尔今天以遗传基本原理的发现者而驰名于世。然而他在有生之年却是一个默默无闻的奥地利修道士和业余科学家,他那光辉的研究成果却被科学界所忽视。

孟德尔从 1856 年起开始进行他的著名的植物育种实验。1865年他推导出了著名的遗传学定律,他将定律以一篇论文的方式呈交给布鲁恩自然历史学会。于是 1866 年他的成果以"植物杂交实验"为名发表在该学会学报上。3 年后又在该杂志上发表了第二篇论文。虽然布鲁恩自然历史学会学报不是一家有名望的杂志,但却为主要的图书馆所收藏。此外,孟德尔把他的论文送一份给遗传学的主要权威卡尔·纳基里。纳基里读过论文后给孟德尔做了答复,遗憾的是却未能理解该论文的重大意义。此后孟德尔的文章大体上被忽视了,实际上几乎被遗忘了30多年。

孟德尔

诠释一生的名人故事

　　1868年孟德尔被任命为牧师会会长。从那时起,行政的职责使得他没有什么时间继续搞植物实验。1884年当他61岁去世时,他那光辉的研究成果几乎被世人遗忘,他从未得到过任何承认。

　　直到1900年,孟德尔的研究成果才被重新发现,当时有3位的科学家(荷兰的雨果·德·弗里斯,德国的卡尔·考伦斯,奥地利的埃里克·冯·车尔麦克)各自独立工作,却都意外地发现了孟德尔的文章。

他们3人中每人都做自己的植物实验;每人都独自发现了孟德尔定律;每人在发表自己的结果之前都在查阅文献中找到了孟德尔的原文;每人都认真地引证了孟德尔的论文,用自己的实验结果证实了孟德尔的结论。真是一个奇妙的三重巧合! 同年也有一位英国科学家偶然发现了孟德尔的原文,并立即使其得到了其他科学家的重视。到了年底,孟德尔得到了他有生之年就应该得到的祝贺。

孟德尔的遗传发现主要有以下三个方面。第一,他发现所有的生物体内都存在着基本单位,今天称为基因,遗传特征就是通过基因从亲代传给了子代。在孟德尔研究的植物里,每项个体特征都是由一对基因决定的。一株个体植物通过遗传获得一对基因,这对基因来自每对亲代的每对基因中的一个。孟德尔发现如果两个通过遗传获得的具有一种给定的特征基因不相同的话(例如,一个代表绿色种子,一个代表黄色种子),那么在通常情况下只有显性基因(在这种情况下指黄色种子)的作用才能使自己在这个过程中产生的个体植物中表现出来。但是隐性基因并没有被毁灭,可能会传给这个植物的后代。孟德尔指出每一个生殖细胞即配子(相当于人的精子细胞或卵子细胞)只含有每一对基因中的一个。他还指出至于一对基因中的哪一个出现在一个个体配子内,并且传递给个体的后代,这完全是一个机遇的问题。

孟德尔定律虽然已被稍加修饰,但却是现代遗传学的起点。孟德尔的发明使许多年资高深的、杰出的职业生物学家都感到迷惑不解。孟德尔作为一名业余科学家,如果但从事物的表象来看他是幸运的宠儿,因为他在研究中选择了这样的一类植物——它们的最显著的特征是其中的每一个都是由单一的一套基因所决定的。如果他所研究的植物的特征都是由几套基因所决定的话，那么他的研究就会极其困难。但是如果他不是一位相当仔细耐心的实验者，这个运气就会从他的手中溜掉；如果他认识不到对观察做统计分析的重要性的话，这个运气也会降临到他的头上。由于上面提到的是随机因素，在一般情况下不可能预见一个个体子代会有什么遗传特征，只有通过做大量的实验（孟德尔记录下 21 000 棵个体植物的实验结果）及对结果做统计分析，孟德尔才能推导出他的定律。

由于孟德尔在世时他的发现受到忽视，并且他的结论是由后来的科学家独自重新发现的，也许人们认为他的研究成果是使他人耗精费力的一纸空文，没有多少保存的价值。如果把这个论点推向极端，人们可能会认为孟德尔在遗传学领域并没有什么极其重要的地位，但是孟德尔的情况则有所不同。

孟德尔的研究成果只是被遗忘一时，而一旦被世人所发现，则迅即为人所周知。而且德·弗里斯、考伦斯和车尔麦克虽然都独自地重新发现了他的原理，但却最终都读到了他的论文，并且引证了他的结果。最后，没有人会理直气壮地说如果没有德·弗里斯、考伦斯和车尔麦克，孟德尔做的工作就不会产生影响。孟德尔的文章已被 W·O·福克列入一个发行广泛的遗传著作的目录中。这个目录可以确保该学科中迟早要有某个人所地发现。另一方面，其他三位科学家谁也未曾要求把发明遗传学的功劳归于自己，而且所发明的原理被普遍称为"孟德尔定律"。

知识链接

孟德尔在维也纳大学进修了两年。他认为自己是农民的儿子,也非常喜欢植物学,自认为非常熟悉植物,对植物学教授的一些看法不敢苟同。两人发生了争执,结果是植物学不及格。他原本打算学完之后做教师的梦破灭了。但是他坚持认为自己是正确的,而植物学教授是错误的。为了证明自己的观点,回到曾经呆过的修道院并说服了院长,在修道院的花园中划给他一块地方做植物的杂交实验。这块 $200 \mathrm{m}^2$ 的小小的实验田,成为了遗传学的诞生地,做为遗传学的圣地至今仍被保留着。

祖国之父——儒略·凯撒

著名的罗马军事和政治领袖盖厄斯·儒略·凯撒,出生在一个政治大动乱的时期。

公元前2世纪,罗马人在第二次战胜迦太基之后,建立了一个庞大的帝国。这次胜利使许多罗马人大发横财,但是连绵不断的战争扰乱了罗马的社会体制和经济体制,许多农民的财产被抢夺一空。最初的罗马元老院只不过是个小城市的元老院,实践已经证明它已经不能合理地治理这样一个庞大的帝国。政治上腐化堕落,贪污受贿到处盛行,整个地中海周围地方都因罗马人的昏庸统治而遭灾受难。约从公元前133年起,就在罗马出现了一场长期的动乱。政治家、军事将领和民众领袖相互间勾心斗角、争权夺利。游击队(如公元前87年马留的游击队和公元前82年索拉的游击队)经常在罗马神出鬼没,东袭西扰。虽然昏庸的统治这一事实路人皆知,但是大多数罗马公民希望继续维持共和制政体。儒略·凯撒也许是第一位重要的政治领袖:清楚地认识到这个民主政体不值得挽救了,因为它已经达到了不可救药的地步。

诠释一生的名人故事

儒略·凯撒

凯撒出生在一个有悠久历史的贵族家庭,受过良好的教育,年青时就步入政坛,有关他所担任过的各种职务、结过的各种联盟和政治崛起的详细情况纷繁复杂,本书不打算加以叙述。但是值得一提的是公元前58年,他42岁时被任命为罗马所辖的三个行省的总督。这三个行省是阿尔卑斯山南侧的高卢(位于意大利北部)、伊利里可姆(在今南斯拉夫沿海地区)和纳博尼兹高卢(法国南部沿海地区)。那时他统帅四个罗马军团,大约有20 000将士。

在公元前58年到公元前51年期间,凯撒率领这四个军团,入侵并征服了高卢所有其余的地区,大体上包括今日法国和比利时以及瑞士、德国、荷兰的部分地区。虽然他的部队在数量上还不及他的对手，但却战胜了高卢地区的部落，把直到莱茵河畔的所有领土都纳入了罗马的版图。他还派遣两支部队渡海到英国，但未取得永久性的战果。

当时业已成为一个重要政治人物的凯撒，由于征服了高卢，回到罗马后即成了一位受到普遍爱戴的英雄，他深得民心；强大至极，但他的政敌则对他嫉恨不已，当他完成军事指挥后，罗马元老院下令让他以普通公民的身份即不许带部队返回罗马。凯撒感到忧虑不安，如果他不带部队返回罗马，他的政敌就会利用这个机会干掉他，他的这种猜测不无道理。于是在公元前 49 年 1 月 10 日至 11 的夜晚，凯撒率领他的部队越过意大利北部的卢比孔河，长驱直入抵达罗马城，以表示对元老院的蔑视。这种明显的不法举动引起了一场内战，一方是凯撒的军团，一方为忠实于元老院的部队。这场内战持续 4 年，以凯撒的彻底胜利而告终。最后一战是在公元前 45 年 3 月 7 日在西班牙曼达进行的。

凯撒得出了这样的结论：他自己最适合担当建立罗马所需要的有效而开明的专制制度的任务。公元前 45 年 10 月他返回罗马，不久就成为终身独裁者。公元前 44 年 2 月有人要为他加冕，被他拒绝了。但由于他是一个军事独裁者，所以这并未给拥护共和制政体的反对派消除疑虑。公元前 44 年 3 月 15 日（著名的三·一五事件），在一次元老院会上凯撒被一伙阴谋者暗杀。

凯撒在他的晚年期间，开始筹划一场生气勃勃的改革运动。他计划在整个罗马帝国内重新调配军队元老，让罗马的贫民到新社区去重新安家落户。他把罗马公民权扩大到新征服的几个民族中去。他计

诠释一生的名人故事

划在意大利城市中建立起统一的市政体制,还计划了一个庞大的建筑工程和罗马法典的编纂,还实行了许多其他改革。但是他未能为罗马建立一种令人满意的立宪政体,也许这是使他早归西天的主要原因。

由于凯撒在曼达的胜利和在罗马遇刺之间仅有 1 年的时间,所以他的许多计划从未得到贯彻执行,因此很难说假如他没有遇刺,他的政府究竟会怎样开明,怎样卓有成效。在他所有的改革中,最有持久影响的一项是实行一种历法①。他实行的历法从那时起一直沿用至今,只是做了一些小小的修改。

儒略·凯撒是历史上聪明绝顶的政治人物之一,具有多方面的天赋。他是一位成功的政治家,杰出的将领,优秀的演说家和作家。他的描写征服高卢的《高卢战记》一书长期被看作是一部第一流的文学作品,许多学生认为在所有的拉丁文学著作中它最通俗易懂,最动人心弦。凯撒果断勇敢,雄姿飒爽,潇洒倜傥。

人们常常指责凯撒的人格,他极欲获得权力,当然就利用职权大发横财。但是与大多数野心勃勃的政治家不同,一般说来他既不虔诚也不虚伪。在同高卢人的战争中,凯撒凶暴残忍,但是对被打败的对手却特别宽宏大量。

德国的皇号 Kaiser 和俄国的皇号 Czar 都源自"Caesar(凯撒)"一词,这是他的名字所享有的威望。他的名声一直都比他的甥孙——罗马帝国的真正创始人奥古斯都·凯撒显赫得多。但是儒略·凯撒对历史的影响并不等于他巨大的声望。他在推翻罗马共和国中无疑起了重要作用,但是也不能夸大他在这方面的重要性,因为罗马共和政体本来已摇摇欲坠,濒于覆灭。

凯撒最重要的贡献是他征服了高卢,因此被称为祖国之父,他所征服的领土差不多被罗马统治了5个世纪。在此期间,这些地区已经完全罗马化了,实行了罗马的法律、风俗和语言,以后还实行了罗马基督教,当今的法语基本上是来源于拉丁语的口语。

由于交往的双向性作用,凯撒征服了高卢,对罗马本身也有重要的影响,确保了意大利几个世纪不受来自北方的侵略,其实对高卢的征服也是确保整个罗马帝国安全的一个因素。

知识链接

现今,从历史角度分析当时即使没有凯撒的存在高卢也会被其他人击败。罗马人在数量和技术上都不比高卢的部落优越。但是罗马在凯撒征服高卢以前和以后的一个时期里都在迅速地扩大。由于当时罗马部队的战斗力强,罗马到高卢的距离近,还有高卢各部落之间的不和,看来高卢没有什么保持独立的可能性。但是无论如何,凯撒是打败庞大的赛尔特部队、征服高卢的将领。

诠释一生的名人故事

人类自由的杰出代言人
——托马斯·杰佛逊

　　1743 年,托马斯·杰佛逊于出生在弗吉尼亚的沙德威尔,他以美利坚合众国第三任总统、《独立宣言》的起草人而闻名于世。他的父亲是位检察官,同时也是一位成功的种植园主,临终时给儿子留下了万贯家产。杰佛逊就读于威廉——玛丽学院,两年后辍学,未获得学位。后来他学过几年法律,1767 年在弗吉尼亚法院谋到职位。在随后的 7年中,杰佛逊是一位见习律师和一位种植园主。他还成为弗吉尼亚议会——弗吉尼亚立法机关的下议院的议员。

　　1774 年,杰佛逊写出了第一篇重要论文《不列颠美洲殖民地权力概论》。翌年他被选为弗吉尼亚第二次大陆会议代表,1776 年起草了《独立宣言》,当年晚些时候又返回弗吉尼亚立法机关,为实行几项重大改革发挥了主导作用。他的重要提案中有两项是"弗吉尼亚宗教自由章程"和"关于进一步普及知识的法案",两者都是有关公共教育的。

　　杰佛逊有关教育的提案包括:完全普及公共初等教育,创办一所使较有才能的人都能受到高等教育的州立大学,建立一种奖学金制度。他的教育方案当时被弗吉尼亚州采纳,虽然类似的方案后来实际上在所有各州中都实现了。

杰佛逊

诠释一生的名人故事

有关宗教自由的章程值得注意，因为它提出了完全的宗教自由，教会与政府完全相脱离（以前英国国教是佛吉尼亚的州教）。杰佛逊的这项提案受到了很大的阻挠，但最终被弗吉尼亚立法机关通过（1786 年）。同样的思想主张不久就被其他州的人权法案所采用，后来又为《美国宪法》所采用。

杰佛逊在 1779 年到 1781 年担任弗吉尼亚州州长，随后从政坛上"隐退"。在隐退期间他写出了他唯一的一本书《弗吉尼亚札记》，书中清楚地表明了杰佛逊反对奴隶制的立场，还包括有其他方面的记述。1782 年杰佛逊的妻子去世（他们结婚整十年，有六个孩子）。他虽然十分年轻,但从未再娶。

不久杰佛逊东山再起,他加入了国会。在国会上,他的一项为实行十进位货币制的提案被通过,但是他的另一项为实行十进位度量制的提案却未被通过。他还递交了一份在所有的新州中禁止实行奴隶制的提案,但因一票之差而未被通过。

1784年,杰佛逊前往法国执行外交使命,不久便接替本杰明·富兰克林担任美国大使。在法国他一住就是7年,因此在《美国宪法》起草和通过的整个期间他都不在美国。杰佛逊拥护《宪法》的通过,虽然他与许多其他人一样坚信一项人权法案应该包括在内。

杰佛逊1789年返回美国,不久就被任命为美国第一任国务卿。在内阁中杰佛逊和亚历山大·汉密尔顿不久就发生了一场冲突。汉密尔顿是财政部长,他的政治观点与杰佛逊完全不同。在美国汉米尔顿政策的支持者最终聚集在一起成立了联邦党,杰佛逊政策的支持者联合起来成立了民主共和党,该党最终以民主党而著称于世。

1796年,杰佛逊成为总统候选人,他的选票仅次于约翰·亚当斯。根据当时的宪法规定,他当上了副总统。1800年他再度参加总统竞选,这次他终于如愿以偿。

作为总统,杰佛逊对他从前的对手采取稳健调和的态度,因此给美国开创了一个极有价值的先例。从长久的影响方面来看,在他任职期间,政府所采取的最大行动是购买路易斯安那领地,使美国的面积大体上增加了1倍。购买路易斯安那也许是有史记录以来最大的和平移交领土,是美国成为大国的一个因素,是一个具有深远意义的事件。如果把托马斯·杰佛逊认定是购买路易斯安那的主要负责人的话,那么他美国历史上的地位则更高。但是实际上法国领袖拿破仑·波拿巴对这次土地移交负有主要责任,是他做了把土地出售给美国这一关健性的决定。如果说有哪个美国人对购买路易斯安那立下了特殊功勋的话,这个人不是杰佛逊,他从未想到要购买这么一大片宽广的土地,而是美国驻巴黎的外交官罗伯特·利文斯顿和詹姆斯·门罗,当他们看准有机会能做成一笔极其划得来的生意时,就超越自己的外交权限,为获得广阔的领土而展开谈判(值得注意的是杰佛逊为他自己写的墓志铭中并没有把购买路易斯安那作为他的主要成就之一包括进去)。

杰佛逊于 1804 年再次当选为总统,但是 1808 年他决定不再参加第三次竞选,因此为乔治·华盛顿树立的先例增添了光彩。杰佛逊于 1809 年隐退,随后从事过的唯一的政治活动是创立弗吉尼亚大学(于 1819 年获得审批)。所以他看到了 43 年前他向弗吉尼亚立法机关提出的教育方案的一部分终于被付诸实践。杰佛逊于 1826 年 7 月 4 日在《独立宣言》发表 50 周年纪念日之际溘然长逝,结束了他那 83 年多的充实而有意义的人生。

杰佛逊除了有显著的政治才能外,还有许多其他才能。他懂得 6 门外语,对自然科学和数学感兴趣,他从事科学种田,是位成功的种植园主。他还是一位制造商、小发明家,一位技艺娴熟的建筑师。

由于杰佛逊个性完美、才华超群,人们容易过高地估计他对历史的影响。在估价他的实际影响时,也许应该从《独立宣言》开始加以考虑,因为起草《独立宣言》通常被认为是他的杰出成就。首先应注意的是,《独立宣言》并不是美国主要法律的一部分,它的主要意义是表述

诠释一生的名人故事

了美国人的理想,而且它所表达的思想并不是杰佛逊的创造,其中有许多是来自约翰·洛克的著作。《宣言》不是一种新哲学,其用意也并不在于此,而在于简洁地表述了许多美国人已有的信念。

在《宣言》中,杰佛逊的措词虽感人肺腑,但对美国作出宣布独立的决定并没有起到作用。革命战争实际上是在 1775 年 4 月(比《独立宣言》早 1 年)以列克星顿和康科德的战斗开始的。在这两场战斗随后的日月里,美国殖民地面临着一种重大的抉择——是直接了当地要求独立还是寻求与英国政府达成一项和解的抉择。1776 年春天,大陆会议群情激奋,强烈地倾向于前一种抉择。不是杰佛逊而是弗吉尼亚的理查德·亨利·李在 6 月 17 日正式提议美国殖民地应该宣布独立于大不列颠。会议决定把对李的提议投票表决推迟几个星期,并且指定一个以杰佛逊为首的委员会在此期间准备一项公开声明,陈述宣布独立的理由(其他委员都明智地让杰佛逊起草这项声明,几乎由他一人起草)。会议于 7 月 1 日开始讨论李的提议,翌日进行投票表决,结果获得一致通过。正是 7 月 2 日的投票表决才作出了支持独立的重大抉择。直到这次投票表决以后才开始对杰佛逊的草案内容进行讨论。1776 年 7 月 4 日草案作了一些修改后被通过。

当然,即使《独立宣言》并不真正像大多数人所认为的那样重要,也不能忽视杰佛逊在美国历史上的作用和地位。杰佛逊在他的墓志铭中提到了他最希望人们记住的两项成就:其一,他作为弗吉尼亚大学创始人所起的作用,这当然非常值得称颂,但是不足以重要到影响他在历史中的位置;其二,他是弗吉尼亚《宗教自由章程》的作者,这确实是一项十分重要的成就。当然宗教自由的基本思想早在杰佛逊之前就由几位杰出的哲学家提了出来,其中包括约翰·洛克和伏尔泰。但是杰佛逊的章程比洛克所提倡的方针大大地前进了一步,而且杰佛逊是一位杰出的政治家,成功地把他的提案颁布成法律,而且其他州在起草人权宣言时也受到了杰佛逊提案的影响。

如何评估:托马斯·杰佛逊对通过"联邦人权法案"所起的作用呢? 杰佛逊肯定代表着主张有一项人权法案这类人的利益,实际上他是这类人明智的领袖人物之一,但是由于杰佛逊从 1784 年到 1789 年在国外,因此在制宪代表大会之后的重大时期内不能直接领导争取人权议案的斗争。是詹姆斯·麦迪逊在使国会真正通过修正案中起了主导作用(国会在杰佛逊返回美国之前的 1789 年 9 日 25 日就通过了修正案)。

纵观杰佛逊的整个生涯,杰佛逊不愧被称为"人类自由的杰出代言人"。

知识链接

杰佛逊对我们今天所谓的"小型政府"抱以深切的希望。有一句他的名言:"一个英明的廉洁的政府必须要防止人们相互伤害,除此之外还必须让他们自由地追求自己的事业和进步……"杰佛逊的观点可能正确,但是过去 40 年的选举表明他的话不能使大多数美国人信服。

高尚的野蛮人
——让·雅克·卢梭

　　1712 年,著名的哲学家让·雅克·卢梭于出生于瑞士的日内瓦。卢梭成年之前的生活很是不幸。他出生后不久母亲便离开了人世。卢梭 10 岁时,父亲被逐放,离开日内瓦,留下了孤苦伶仃的儿子。1728 年卢梭 16 岁时,只身离开日内瓦。卢梭长年做临时工,他默默无闻,到处谋生,漂泊四方,一直过着居无定所的日子。直到他 56 岁时才与勒瓦瑟结婚,他俩有 5 个孩子,他把所有这 5 个孩子都送进了一家育婴堂。

　　1750 年,第戎科学院开展了一次有奖征文活动,题目是《论科学与艺术是否败坏或增进道德》。卢梭的论文论证了科学和艺术进展的最后结果无益于人类,获得头等奖,使他顿时成为一代名人。这年,卢梭 30 岁,这是他一生的转折点。随后他又写出了许多其他著作,其中包括 1755 年的《论不平等的起源》,1761 的《埃罗伊兹的故事》,1762 的《爱弥尔》,1762 的《社会契约论》和《忏悔录》,所有这些著作都提高了他的声望。此外卢梭对音乐也有一定建树,写了两部歌剧:《村里的预言家》和《爱情之歌》。

　　由于思想的尖锐让卢梭遭到众人的叛离。虽然起初法国启蒙运动的自由主义作家有几位是他的朋友,其中包括德·尼·狄德罗和让·达朗贝尔,但是他的思想不久就开始与其他人发生了严重的分歧。伏尔泰在日内瓦建立一家剧院的计划遭到卢梭的反对和抨击——剧院是所伤风败俗的学校。结果他同伏尔泰反目,成了终生的仇敌。此外,卢梭基本上属于情感主义,与伏尔泰及百科全书派成员的理性主义,形成了鲜明的对照。

卢梭

　　从 1762 年起,卢梭由于写政论文章,与当局发生了严重的纠纷。他的一些同事开始疏远他,大约就在这个时期,他患了明显的偏执狂症。虽然有些人对他表示友好,但他却采取怀疑和敌视的态度,同他们每个人都争吵过。他一生的最后 20 年基本上是在悲惨痛苦中度过的,1778 年他在法国埃及迈农维尔去世。

　　卢梭的著作对社会主义、民族主义、浪漫主义、极权主义和反理性主义的崛起是一个重要的因素，还为法国革命扫清了道路，为现代民主和平等的理想做出了重大的贡献，并对教育理论有重大影响。有人认为，人类几乎完全是其环境的产物（因此完全可以改变）的学说，是来自他的著作。现代技术危害人类，现代社会腐败不堪，因而需要"高尚野蛮人"的理想，这种观念无疑与他有关。这些观点对与错在此不加以品论，但是，很多观点有据显示并不是他提出的。

譬如，"高尚野蛮人"这个概念。首先，早在卢梭时代之前就很流行，著名的英国诗人约翰·德莱顿在卢梭诞生 1 个多世纪以前就一字不差地使用过这个词语。卢梭从未使用过这个词语，也不羡慕南海岛上的土著居民或美国印第安人。况且有关"高尚野蛮人"的概念卢梭也没有"社会必然腐坏"这个观点，恰恰相反，他总认为社会是人类必不可少的。

卢梭创立了"社会契约"学说的这种提法是完全不真实的。约翰·洛克对这一学说做过详尽的论述，他的著作早在卢梭诞生之前就发表了。事实上，著名英国哲学家托马斯·霍布斯甚至早在洛克之前就论述过社会契约论的学说。

关于卢梭反对技术的说法更是苍白无力，自从卢梭去世的两个世纪以来技术有了空前的增长，显然他反对技术的努力并未产生效果。况且，今天存在的反对技术的偏见并不源自卢梭的著作，而恰恰是对 20 世纪中无限制地应用技术所带来的不良效果的一种自发反应。

同样，卢梭的著作也没有为法国革命扫清了道路。毫无疑问，他的著作起到了一定的作用，而且也许比狄德罗或达朗贝尔所起的作用要大。但是即便如此，伏尔泰的影响远在卢梭之上，因为他的著作比卢梭的问世早，内容多，思想更为明确。

至于把环境因素对人的性格的形成具有绝对的重要性这一观点归于卢梭同样站不住脚——许多其他思想家提出过。同样民族主义早在这位法国哲学家问世很久以前就是一股重要的力量,他对它的崛起没有什么影响。

卢梭具有反理性主义的气质,特别是与当时其他著名的法国作家相对立,这是相当真实的。但是,反理性主义并不是新货色:我们的政治和社会信仰通常是建立在情感和偏见的基础之上的,虽然我们经常寻找表面看来是合乎理性的论据来为我们的信仰申辩。

但是,即使说卢梭的影响不像他的羡慕者(或反对者)所宣称的那么大,它也是不可低估的。可以完全肯定他对于文学中浪漫主义的崛起是一个重要的因素,他对教育理论和实践的影响甚至更为重要些。例如,卢梭轻视在儿童教育中学习书本知识的意义,提倡对儿童的情感培养应先于理智培养,强调儿童通过体验来学习的意义。卢梭是一位宣传母乳喂养具有优越性的先驱。但令人尴尬的是一个抛弃了自己孩子的人却有胆量给别人上怎样哺育孩子的课,这听起来也许未免使人感到离奇,但是毫无疑问卢梭的思想深刻地影响了当代的教育理论。

卢梭的政治著作中有许多思想独特新颖,引人入胜。但是总体说来就是一种追求平等的强烈欲望和一种同样强烈的感受:现存社会制度的不合理已经达到了令人不能容忍的程度——人生下来本来是自由的,但是无论走到哪里都要戴上枷锁。卢梭自己可能并不喜欢暴力行为,但是他无疑激励了其他人实行暴力革命,逐步改革社会制度。

卢梭对私有财产的观点(以及对许多其它问题的观点),常常自相矛盾。一次他曾把财产形容为“公民一切权力中最神圣的权力”,但是

103

诠释一生的名人故事

似乎可以有把握地说,他对私有财产的攻击比称赞在他的读者心目中影响更大。卢梭是早期认真攻击私有制的现代重要的作家之一,因此可以认为他是现代社会主义和共产主义的先驱之一。

当然,后人决不能忽视卢梭的宪政学说。《社会契约论》的中心思想用卢梭自己的话来说,就是"把每个伙伴及其一切权力完全交给整个社会。"这样的话没有给公民自由和人权法留有余地。卢梭自己是一位权势的叛逆者,但是他这本书的一个主要作用是为后来的极权主义政权开拓了辩词。

有人批评卢梭是一个极其神经质(而不说偏执狂)的人,是一个大男子主义者,是一个思想不切实际的、糊涂的思想家,这样的批评大体上是正确的。但是远比他的缺点更重要的是他的洞察力和杰出的创造精神所闪现出来的思想火花,两个多世纪以来,不断地影响着现代思想。

知识链接

文明社会的控诉者——卢梭提出在自然状态(动物所处的状态和人类文明及社会出现以前的状态)下,人本质上是好的,是"高贵的野蛮人"(noble savage)。好人被他们的社会经历所折磨和侵蚀。而社会的发展导致了人类不幸的继续。卢梭的《论科学与艺术》强调,艺术与科学的进步并没有给人类带来好处。他认为知识的积累加强了政府的统治而压制了个人的自由。他总结出,物质文明的发展事实上破坏了真挚的友谊,取而代之的是嫉妒、畏惧和怀疑。

人口论者——托马斯·马尔萨斯

　　马尔萨斯于 1766 年出生在英国萨里郡多金附近。他就读于剑桥大学耶稣学院，是一位优秀的学生。他毕业于 1788 年，同年被委任为英国国教牧师。1791 年他获得硕士学位，1793 年成为耶稣学院的一名牧师。

　　马尔萨斯的《人口原理》第一版本最初发表时没有署名，但是由于拥有广泛的读者，使他一鸣惊人。这部名著的较长版本发表于 5 年后的 1803 年。这部书经过反复修订和增补，1826 年出版问世。

　　也许，马尔萨斯并不是刻意如此，但他实际举动却实践着自己的理论——晚婚晚育、控制人口——1804 年结婚，当时他已经 38 岁了。1805 年他被任为海利伯利东印度公司学院历史和政治经济学教授，他在余生中一直担任此职。

　　马尔萨斯还写过几本经济学论著，其中最重要的是《政治经济学原理》（1802 年）。该书影响了后来的经济学家，特别是 20 世纪的重要人物约翰·海纳德·凯斯。马尔萨斯晚年享有很多荣誉。1834 年他在美国巴斯去世，终年 68 岁。

　　1798 年，从前一直默默无闻的英国教区牧师托马斯·罗伯特·

马尔萨斯出版了一本颇具影响的小书，题目是《人口原理》。

马尔萨斯的基本论题是人口增长有超过食物供应增长趋势的思想。马尔萨斯在他最初发表的论著中，用相当严格的形式表述了这种思想，认为人口有几何增长的趋势（即按指数增长的趋势，如级数1，2，4，8，16……），而食物供应只有算术增长的趋势（即按直线性增长的趋势，如级数1，2，3，4，5……）。马尔萨斯在他后来的几种版本的书中，用不那么严格的形式重述了他的主题，只指出人口会有无限增长的趋势，直至到食物供应的极限为止。马尔萨斯从他这部论著的两种形式中得出结论：大多数人注定要在贫困中和在饥饿的边缘上生活。从长远的观点来看，任何技术进展也不能改变这种趋势，因为食品供应增加必然要受到限制，而"人口指数无限地大于地球为人类生产物质的指数"。

既然看到了人口的增长带来的问题，发现者自然想找到解决问题的办法——控制人口的途径。战争、瘟疫和其它灾难当然可以减少人口，这些祸患显然是以痛苦的代价来减少人口过剩所造成的威胁。马尔萨斯认为，避免人口过剩的较好的办法是"道德限制"，看来他这话的意思是把实行晚婚、婚前守洁和自愿限制同房的频率等方法结合起来。但是马尔萨斯是个现实主义者，他认识到大多数人不会实行这样受限制的方法。他断定人口过剩实际上的确无法避免，因而贫困几乎是大多数人不可摆脱的厄运。

英国颇有影响的改革家弗朗西斯·普莱斯是第一个公开提倡用避孕方法来防止人口过剩的人。普莱斯读过马尔萨斯的论著，深受影响。

诠释一生的名人故事

1822 年他写了一本提倡避孕的书,还在工人阶级当中宣传节育知识。在美国,查尔斯·诺尔顿博士于 1832 年发表了一部有关避孕的书。第一个"马尔萨斯同盟会"于 19 世纪 60 年代成立,计划生育的倡导者们在不断地赢得信徒。由于马尔萨斯本人以道德为依据不赞成使用避孕方法,虽然马尔萨斯本人从未提倡过用避孕方法控制人口,但是这一政策的提出却是他基本思想的必然结果。因此用避孕手段来控制人口的倡导者们通常被称为是新马尔萨斯主义者。

马尔萨斯理论不仅是适用于人口问题,还在经济学、生物学等方面起到积极作用。

受马尔萨斯影响的经济学家断定:在正常的环境下,人口过剩使工资不会大大地高于维持生计的水平。著名的英国经济学家大卫·李嘉图(他是马尔萨斯的亲密朋友)说:"劳动的自然价格就是必须使劳动者能够共同生存,即使人类不增不减永世长存的价格"。这个学说一般被称为"工资钢铁定律",为马克思所接受,成为他剩余价值学说的一个主要成份。

马尔萨斯的观点还影响着生物学的研究。查理·达尔文说他读过《人口原理》,该书为他的进化论提供了一个重要的环节。

尽管避孕法是在马尔萨斯去逝很久以后才普遍使用,但不能说马尔萨斯没有真正的影响。第一,马尔萨斯的思想对也许是 19 世纪最有影响的两位思想家——查理·达尔文和卡尔·马克思都有着强烈的影响;第二,虽然新马尔萨斯主义者的政策并未直接被大多数人所采用,但是他们的建议却未受到忽略,他们的思想永未枯竭。今日的节育运动是马尔萨斯在自己生活的时代中所倡导的运动的继续。

知识链接

　　最先提出人口的无限制增长会带来社会恶果的观点并不是马尔萨斯,这一问题在他以前就被其他几位哲学家提出来过。马尔萨斯自己也曾指出柏拉图和亚里士多德都探讨过这个问题,尽管马尔萨斯的基本思想并不完全新颖独特,世人也不应该低估他的重要性。柏拉图和亚里士多德只是很简单地提及过相关理论,而他们有关这个论题的简短评说大体上被忽略了。是马尔萨斯详尽地阐述了这种思想,并广泛地为这个课题立文著书;更重要的是,马尔萨斯首次强调人口过剩问题的极其重要性,并使其引起了知识界的注意。

诠释一生的名人故事

科学时代的先驱
——弗朗西斯·培根

诠释一生的名人故事

1561 年,培根出生于伦敦,伊丽莎白女王手下一位高级政府官员的次子。他 12 岁进入剑桥大学三一学院,但是 3 年后中途辍学,未获得学位。他从 16 岁开始给英国驻巴黎大使当一个时期的官员。但是当培根 18 岁时,他的父亲猝死,未能给他留下什么钱财。因此他开始攻读法律,21 岁时找到一个律师的职业。

他的政治生涯就是在此后不久开始的。23 岁时他被选为下议院议员。虽然他有高朋贵亲和显赫的才华,但是伊丽莎白女王拒绝委任他任何要职,或有利可图之职。其理由之一是他在议会中果敢地反对女王坚决支持的某项税务法案。他生活奢侈,挥霍无度,"借"债累累,无所顾忌。

培根成为一位踌躇满志、深得民心的青年贵族埃塞克斯伯爵的朋友和顾问,而埃塞克斯也成了培根的朋友和慷慨的捐助人。但是当埃塞克斯野心膨胀,阴谋发动一场推翻伊丽莎白女王的政变时,是培根告诫他,要把忠实女王放在首位。尽管如此,埃塞克斯还是发动了政变,但却未遂。培根在起诉伯爵犯有叛国罪中起到了积极的作用,埃塞克斯被斩首。整个事件,使许多人都对培根产生了恶感。

1603 年,伊丽莎白女王去世,培根成为她的继承人詹姆斯一世国王的顾问。这使得培根政治生涯有了发展。虽然詹姆斯拒不采纳培根的劝告,但是他却赏识培根,在詹姆斯统治期间,培根在政府步步高升。1607 年培根成为法务次长,1618 年又被委任一个与美国法院院长大体相等的英国大法官一职;同年被封为男爵;1621 年被封为子爵。

培根

平步青云的过程中也有不顺,培根随后便大难临头。作为一个法官,培根当面接受诉讼当事人的"礼物",虽然此事非常普遍,但是却显然违反法律。他在议会中的政敌正想抓住这个机会把他赶下台去。培根招供了,被判了徒刑,关押在伦敦塔,终身不得担任任何公职,同时，还被罚了一笔巨款。国王不久就将培根从狱中释放出来，免除了对他的罚款，但是他的政治生涯已告终结。

当时社会下培根不是个案，也许他下面的话比他案子更耐人寻味。培根服罪的话却与众不同："我是这 50 年来英国最正义的法官，但给我的定罪却是这 200 年来议会所做的最正义的谴责"。

虽然弗朗西斯·培根在很多年中都是一位主要的政治家，虽然他把大部分时间和精力都用在自己的政治生涯中，但是他被列入本书却只是因为他的哲学作品。这些作品表明他是科学新时代的先驱：认识到科学和技术可以改变世界的第一位伟大的哲学家，一位科学调查的得力倡导者。

有这样一种积极而充实的政治生涯，看来是没有时间和精力去做任何其它事情。而他在这个领域却做出了杰出的贡献。所以，我们在此要谈的恰恰是他不朽的哲学著作，而不是他的政治活动。他的第一部重要著作《随笔》最初发表于 1597 年，以后又逐年增补。该书文笔言简意赅、智睿夺目，它包含许多洞察秋毫的经验之谈，其中不仅论及政治而且还探讨许多人生哲理。我们从中撷取一二以飨读者：

青年人更适之发明而非为判断，更适之实干而非为商议，更适之创新之举而非为既定之业……老年人否定之多，磋商 之久，冒险之少……若青老两结合，必将受益匪浅，……因为彼此可以取长补短……

——《谈青年和老年》

有妻室儿女者已向命运付出了抵押品……

——《谈婚嫁与单身》

但是培根最重要的作品还是论述科学哲学的。他计划分 6 个部

111

诠释一生的名人故事

分来写一部巨著《伟大的复兴》。打算在第一部分重申我们的知识现状;第二部分描述一种新的科学调查方法;第三部分汇集实验数据;第四部分解释说明他的新科学工作方法;第五部分提出一些暂定的结论;最后一部分综述用他的新方法所获得的知识。可想而知,这项宏伟的计划——可能是自从亚里士多德以来最有抱负的设想——从未得以完全实现。但是可以把《学术的进展》(1605年)和《新工具》(1620年)看作是他的伟大著作的头两个部分。

由于完全依靠亚里士多德演绎逻辑方法的荒诞可笑,因而需要一种新的逻辑方法——归纳法。而《新工具》恰适时地出现了。也许是培根最重要的著作。这部著作主体上是号召人们采用实验调查法。知识并不是我们推论中的已知条件,而是要从条件中归纳出结论性的东西,更确切地说是我们要达到目的的结论。人们要了解世界,就必须首先去观察世界。培根指出要首先收集事实,然后再用归纳推理手段从这些事实中得出结论。虽然科学家在每一个细节方面并不都是遵循培根的归纳法,但是他所表达的基本思想对观察和实验有重大意义,构成了自那时起科学家一直所采用的方法的核心。

培根的最后一部著作是《新西特兰提斯岛》,该书描写了太平洋的一个虚构的岛上的一个乌托邦国家。虽然书中的背景令人想起托马斯·摩尔爵士的乌托邦,但是其整个观点则截然不同。在培根的书中,他的理想王国的繁荣和幸福取决于而且直接来自于集中精力所从事的科学研究。当然培根是在间接地告诉读者科研的明智应用可以使欧洲人民与他的神秘岛上的人民一样繁荣幸福。

世人完全可以说弗朗西斯·培根是一位真正的现代哲学家。他的整个世界观是现世的而不是宗教的（虽然他坚信上帝）。他是一位理性主义者而不是迷信的崇拜者，是一位经验论者而不是诡辩学者。在政治上，他是一位现实主义者而不是理论家。他那渊博的学识连同精彩的文笔与科学和技术相共鸣。

虽然培根是一位忠实的英国人，但是他的洞察力远远地超过了他自己的国界。他划分出三种雄心：

其一类者，朝思暮想，惨淡经营，在本疆之内，得陇望蜀，觊觎青云；其二类者，宵衣旰食，机关算尽，图他人之邦，扩己国之势，拜倒称臣者愈多愈善，此辈虽贪婪无度，然却至尊至贵；若一人披荆斩棘，努力登攀，以求人类享有经天纬地之略，驾驭宇宙之才，此实属雄心大志，…尽臻尽善。

虽然培根是科学的指路人，但是他自己却不是一位科学家，也跟不上他的同时代人所取得的进展的步伐。他忽略了开普勒和发明了对数的纳皮尔，甚至还有他的英国同伴威廉·哈维。培根正确地指出热是一种运动形式—— 一个重要的科学学说，但是在天文学上他却拒绝接受哥白尼的学说。不过人们应该记住培根不是要提出一套完整、正确的科学定律，而是要提出一个应该学什么的概说。他的科学猜想意在作为进一步探讨的起点而不是作为终极的结论。

弗朗西斯·培根并不是最先认识到归纳推理用途的人，也不是最先理解科学会改变人类生活方式的人。但是在他以前没有人如此热情而广泛地发表这些思想。而且正是由于培根是一位好作家、由于他作为一位主要政治家的声誉，他对待科学的观点在实际上产生了巨大的影响。1662 年当为了促进科学知识的增长而创建伦敦皇家学会

诠释一生的名人故事

时,创建者们称培根为他们的启蒙人。而且当在法国启蒙运动期间编纂大部头的《百科全书》时,主要的编纂者们如狄德罗和阿朗贝尔赞誉培根是他们的作品的启蒙人。如果说《新工具》和《新亚特兰提斯岛》今天比过去一度曾有的读者少了,这是因为它们的寓意已被广泛地接受。

知识链接

弗兰西斯.培根(Francis Bacon,1561—1626)——英国著名的唯物主义哲学家和科学家。他在文艺复兴时期的巨人中被尊称为哲学史和科学史上划时代的人物。马克思称他是"英国唯物主义和整个现代实验科学的真正始祖。"第一个提出"知识就是力量"的人。